Roman

Québec en 1946. Il publie son premier roman, *Surtout à cause des viandes (recettes de bonheur)*, au Cercle du livre de France en 1972. À partir de 1978, il s'absente de la scène littéraire pendant plusieurs années et commence à peindre. En 1985, il publie *La fille à marier* qui lui vaut le Prix Molson de l'Académie des lettres du Québec et qui inaugure une période de création intense. *La fille à marier* paraît dans sa version originale anglaise sous le titre de *The Marriageable Daughter*, chez Coach House Press à Toronto en 1989. Auteur d'une douzaine de romans, il a aussi publié des recueils de nouvelles ainsi que des essais biographiques consacrés à Jean-Paul Riopelle et au Frère Jérôme. Titulaire d'un doctorat en études françaises, Daniel Gagnon a donné des cours de création littéraire à l'Université McGill et à l'Université du Québec à Montréal. Comme artiste, il a peint notamment le portrait d'une centaine d'écrivains québécois.

LA FILLE À MARIER

Jeanne Després, qui a douze ans, entretient une correspondance secrète avec Phyllis Dalton. Jeanne vit à Sherbrooke, au Québec, et Phyllis, à Medicine Hat en Alberta. Jeanne croit désespérément que le « Chapeau médicamenteux », le Chapeau magique, contient tous les remèdes qui la délivreront de son profond désarroi, de sa solitude, de son étrange destin de fille à marier qui a perdu son amoureux, Nicolas, mort dans la neige. Jeanne construit son monde selon sa vision et ses goûts, et elle l'interprète parfois brutalement dans ses sautes d'humeur. Servie par une intuition et un sens de la réalité extraordinaires, elle connaît et éprouve concrètement, avec la plus grande véracité, la matière dense et compacte de la vie.

LA FILLE À MARIER

DU MÊME AUTEUR

Surtout à cause des viandes (recettes de bonheur), roman, Montréal, Cercle du livre de France, 1972.

Loulou, roman, Montréal, Éditions Pierre Tisseyre, 1976, 160 p. Réédité en 2002 aux Éditions Triptyque.

King Wellington, roman, Montréal, Éditions Pierre Tisseyre, 1978.

Le péril amoureux, nouvelles, Montréal, VLB Éditeur, 1986.

Mon mari le Docteur, roman, Montréal, Leméac Éditeur, 1986.

La fée calcinée, roman, Montréal et Paris, VLB Éditeur et Le castor astral, 1987.

O ma source !, roman, Montréal, Guérin littérature, 1988.

Riopelle grandeur nature, essai biographique, Montréal, Éditions Fides, 1988.

Venite a cantare, roman, Montréal, Leméac Éditeur, 1990. Publié dans une traduction anglaise d'Agnès Whitfield, sous le titre de *Divine diva*, Toronto, Coach House Press, 1991.

Frère Jérôme, essai biographique, Montréal, Éditions Fides, 1990.

Circumnavigatrice, nouvelles, Montréal, Éditions XYZ, 1990.

À l'ombre des grands ormes. Marc-Aurèle Fortin, peintre, roman, Montréal, Éditions XYZ, 1994.

Rendez-moi ma mère. Lettres de Claude Martin à sa mère Marie de l'Incarnation, roman, Montréal, Leméac Éditeur, 1994.

L'ange de Correlieu. Ozias Leduc, peintre, roman, Montréal, Éditions XYZ, 1996.

Fortune Rocks, nouvelles, Montréal, Éditions XYZ, 1997.

Mon père clandestin, roman, Montréal, Éditions Les Intouchables, 1999.

DANIEL GAGNON

La fille à marier

BIBLIOTHÈQUE QUÉBÉCOISE

BIBLIOTHÈQUE QUÉBÉCOISE est une société d'édition administrée conjointement par les Éditions Fides, les Éditions Hurtubise HMH et Leméac Éditeur. BIBLIOTHÈQUE QUÉBÉCOISE remercie le ministère du Patrimoine canadien du soutien qui lui est accordé dans le cadre du Programme d'aide au développement de l'industrie de l'édition. BQ remercie également le Conseil des Arts du Canada et la Société de développement des entreprises culturelles du Québec (SODEC).

BIBLIOTHÈQUE QUÉBÉCOISE bénéficie du Programme de crédit d'impôt pour l'édition de livres du Gouvernement du Québec, géré par la SODEC.

En couverture : [sans titre], encre de Daniel Gagnon.

Conception graphique : Gianni Caccia
Typographie et montage : Dürer *et al.* (MONTRÉAL)

Données de catalogage avant publication (CANADA)
Gagnon, Daniel, 1946-
La fille à marier
Éd. originale : [Montréal] : Leméac, 1985.
Publié à l'origine dans la coll. : Collection Roman québécois
ISBN 2-89406-226-5

I. Titre.

PS8563.A296F5 2003 C843'.54 C2003-940260-6
PS9563.A296F5 2003
PQ3919.2.G33F5 2003

Dépôt légal : 1er trimestre 2003
Bibliothèque nationale du Québec

IMPRIMÉ AU CANADA EN MARS 2003

à Helen Fogwill Porter
à Helen Pereira
à Alexis, Louis et Gabriel

Puissions-nous, tous ensemble, troubler la lourde sieste canadienne.

PAUL-ÉMILE BORDUAS

PREMIÈRE PARTIE

I

CHÈRE PHYLLIS,

J'ai demandé à mon professeur d'anglais, genre pont en dos d'âne, in Sherbrooke au Québec where I live with my parents, de me donner des noms de jeunes filles comme moi vivant au Canada depuis des temps immémoriaux, analogues à moi, et alors mister Smith m'a dit dans un discours pompeux, ma chère Jeanne Després mon anémone, si j'étais sûr que ta pernicieuse anémie s'évanouirait et s'anéantirait, je te donnerais des centaines d'adresses de jeunes filles au Canada, cher english professor, ai-je répondu, considérant toute la force de mon désir de me faire des amies, il serait amoral d'accumuler et de dépenser de vastes sommes de non et de refus dans l'espoir d'amollir mon cœur, faites-moi la faveur de me dire le nom d'une jeune fille à qui j'écrirai comme à une sœur... ô Phyllis, tu es ma chère sœur à Medicine Hat, en Alberta au Canada, ne l'es-tu pas ? aren't you ? do you understand me well ? excuse mon si mauvais anglais, mister Smith my english professor m'a promis de corriger mes fautes, il m'a donné ton précieux nom et maintenant j'ai une âme sœur, j'ai douze ans et je crois qu'il est immoral de la part d'une femme de ne pas se donner complètement à un homme qu'elle aime, à moins qu'elle n'ait eu le mauvais jugement d'aimer un homme qui n'allait pas avec elle (papa et maman), alors elle devrait s'enfuir à toutes jambes, est-ce que, Phyllis, en silence et secrètement, tu lis des mauvais livres dans la bibliothèque de tes parents, la nuit avec une lampe de poche, dans ton pyjama, pour avoir des frissons, pour trembler, pour être divinement excitée, pour avoir des chatouillements dans ton organisme, je vais te parler de mon ami dans ma classe, on ne peut que l'aimer, as-tu jamais lu sur l'orgasme, c'est un grand mystère, je n'ai pas demandé à maman, je marche dans la rue, je dresse les oreilles, la question est pourquoi rejeter tout plaisir, ô Phyllis, je ne te connais pas bien, mais je te connais profondément, foncièrement, je n'ai pas de doute, je le verrai avant longtemps, veux-tu entendre beaucoup parler de lui, chacun parle de l'orgasme, c'est du bavardage, je peux te dire qu'il fut le miracle de ma vie, nous avons coupé le gâteau en portions à mon anniversaire de naissance, mes parents devinrent discrets et s'effacèrent tranquillement, il prit mon annulaire, ce doigt auquel on met l'anneau, Phyllis, non, mister Paragraph Smith, mon english professor, ne verra pas cette lettre pour se faire le secrétaire de mon cœur, simplement pour être à cheval sur l'étiquette et monter sur ses grands chevaux, je t'adresse la lettre à toi personnellement, pour grande que soit l'affection que j'ai pour toi, lis-moi comme tu voudras, il ne sait pas ce que c'est que l'amour, mon père, il n'a pas l'expérience de l'amour, si tu gardes le silence, personne ne saura, sais-tu ce que c'est qu'une érection, as-tu lu sur ce sujet ou en as-tu vu de vu une, Phyllis, en as-tu? qu'est-ce que c'est exactement, j'ai demandé à ma grande sœur sur le trottoir, maintenant si tu te lamentes que j'enlève toute poésie au sexe et que je le ramène à quelque chose de mécanique et d'inhumain, tu ne peux pas plus te tromper, m'a-t-elle dit, alors évidemment il y a des milliers de choses à dire et il n'y aura pas assez de temps pour qu'on parle de la plupart d'entre elles, c'est difficile de savoir par où commencer, je suis presque complètement plongée dans le noir, connais-tu la poétesse Anne Hébert, elle écrit:

Une petite morte
s'est couchée en travers de la porte.

Nous l'avons trouvée au matin, abattue
sur notre seuil
Comme un arbre de fougère plein de gel.

c'est beau, Phyllis, la petite morte en travers de la porte, l'arbre de fougère plein de gel... ainsi est la vie, aimes-tu la vie, Phyllis, tu es une obstructionniste, une flibustière, a dit mister Paragraph My english professor, je demeure obstinément en retard dans la vie, je veux faire un mariage d'amour, il n'y a point de laides amours, mains froides, cœur chaud, je vis parmi les cannibales aux antipodes de mes sentiments profonds, dans une salle d'attente, je suis sur le pas de la porte, pas de pas de valse, pour céder le pas aux bêtes immondes, leur permettre de passer, allez, allez, papiers buvards, imbuvables lourdauds, marquez vos points, écrasant les fleurs alors que je marque le pas en cueillant le pollen, un jour dans les buissons ardents, allez bulldozers, ayez des relations sexuelles, pour briser nos espoirs, que penses-tu, Phyllis, de la cigarette, son nom je vais te le dire, son nom c'est Nicolas Champagne, il fume en secret avec moi, nous avons une cachette, il n'y a pas que faire l'amour dans l'amour, il y a l'amour aussi, l'amour qui doit être conduit, initié, il est le petit thaumaturge de mon imagination, un pinceau de lumière, est-ce qu'un garçon ne t'a jamais fait des touchers quelque part sur le corps, Phyllis ?

II

Ô PHYLLIS, PENSES-TU que je devrais aller voir mon gynécologue, as-tu des problèmes, si tu es trop grasse mais seulement rondelette ou mal proportionnée, alors fais de l'exercice, quel parfum te mets-tu, il me dit que je sens délicieusement, qui pourrait m'enseigner le maquillage, quel fond de teint irait bien avec la nuance de ma peau, mère a plusieurs magazines qui traitent chaque mois de maquillage, sais-tu quelles couleurs te vont bien, Phyllis, pendant tes menstruations vois à te changer de serviettes sanitaires et de tampons assez souvent pour ne pas sentir le ranci (a dit maman), les vieilles odeurs dans la région de l'amour ne sont pas sexies, fais tes ongles des mains et des pieds et shampooingne tes cheveux jusqu'à ce qu'ils crissent, je veux lire le livre que j'ai trouvé en cachette dans la chambre de maman cela s'intitule « Le rapport Hite », c'est à propos du plaisir sexuel, the sexual pleasure, ils sont censés dire que le clitoris est la région du corps que la femme oublie de toucher à cause de sa forme courbée et charnue dissimulée dans la chair, cachée à la vue, je mets mes jambes en l'air, le bon et le mauvais côté de moi, réversible dans le miroir, et c'est caché à la vue comme la princesse prisonnière dans sa tour et retenue par un charme, mais cela s'explique quand je touche par touches la pierre de touche, en ricochet, en hydravion, en murmurant et en tricotant des mailles à l'envers, non je ne montrerai pas ma lettre à mister my english professor Smith, ô Phyllis, it seems to me that I know you already well and by heart, even if I have never seen you yet, as-tu bien compris mes mots anglais, tu ne parles sûrement pas français à Medicine Hat, n'est-ce pas ? vous avez un papier-monnaie bilingue seulement pour la forme et nous sommes trop éloignées dans ce pays indien, et que sais-tu de moi, il y a beaucoup de neige et de lacs et nous ne sommes pas américaines, quel est ton rêve, amour et amour, mais c'est le rêve de tout le monde, tous sur la planète nous rêvons d'amour, où sont nos particularités, avons-nous des attitudes qui nous caractérisent, Nicolas a sa propre manière de marcher, de parler, rare, remarquable, exceptionnelle personne ordinaire, et nous nous donnons mutuellement, loin du regard des parents etc., dans notre famille nous avons le même nom mais nous ne sommes pas du tout parents, où es-tu Phyllis dans l'univers, ma sœur, il y a urgence, cette lettre dans une langue correcte, chant incohérent d'une nouveau-née régulièrement ballotée dans un sens et dans l'autre, errant au hasard, chancelante, vacillante, titubante dans la vacuité du vide canadien, se congelant dans la glace du pôle d'une mer à l'autre, glorieux et libres nous nous tenons au garde-à-vous sous les cieux illuminés de notre pays, et les pauvres Indiens, l'été indien perdu, ô dear Phyllis, where are you, où es-tu, ma lettre sera trop longue, la liras-tu, crois-tu que je devrais prendre rendez-vous avec mon gynécologue, je ne veux pas faire plaisir à maman en rencontrant son gynécologue, est-ce que ta mère sort et découche beaucoup, que penses-tu de la marijuana, est-ce que cela te rend insécure et paranoïde, et les drogues du genre LSD, les champignons, le peyotl et la mescaline, beaucoup de jeunes voyagent avec l'acide, ils croient que c'est épatant, mais ils ne connaissent pas le danger, dear Phyllis, j'ai beaucoup de questions à te poser, mon âme sœur, as-tu jamais tenté de te suicider, en te tailladant les poignets, as-tu dû rencontrer un thérapeute, as-tu de la difficulté à l'école?

III

COMME UN COURANT qui coule dans le fleuve Saint-Laurent, je pousse un soupir, je regarde vers toi, Phyllis, à Medicine Hat, je lance ma lettre par-dessus bord à la mer, une interminable lettre, pour construire un pont sur la rivière, comme un navire entraîné vers la côte par la tempête, jette ma lettre par la fenêtre, passe l'éponge, les jeux sont faits, où en est le jeu, le sort en est jeté, je comprends la vérité, c'est à un jour de voyage, quelle date sommes-nous, quel jour de la semaine, je l'ai vu l'autre jour, il ne m'a pas vu, jour après jour mes vêtements de tous les jours, attendre la fête sur les chemins de nulle part, je cuis dans mon jus, Nicolas my love où est-il, je jure que nous avons juré dans les lits jumeaux quand il est venu à la maison, je meurs de ma belle mort, the cause is la maladie d'amour, je dois mourir c'est évident, ma mort la seule évasion, hors d'un monde que je ne comprends pas, Nicolas, si tu ne m'aimes plus, si tu ne souhaites pas que je revienne vers toi, veux-tu m'écrire et me le dire, mister english professor ne verra pas ma lettre, parce que je ne veux pas qu'il voie mon plagiat ni mes pensées, mes fautes d'orthographe, ma syntaxe suicidaire, alors Phyllis, le sort en est jeté, le Labrador ne peut pas être dans les montagnes Rocheuses, que me disent mes amies, rien, mon amie Hélène a commencé à fumer quand elle était en sixième année, en plus de l'herbe, elle fumait la cigarette, elle n'est pas comme moi, je suis prude à côté d'elle, elle s'est mise à goûter du gros sexe il y a environ un an et demi, tout juste avant son douzième anniversaire de naissance, c'était avec un garçon qu'elle aimait beaucoup, ils ont aussi fait l'amour, je pourrais faire cela mais j'ai peur, je ne veux pas briser mon rêve, ma psyché, je psalmodie, je me récite mon amour au fond de mon cœur, je crois personnellement que mes amies, qui prennent de l'acide et des drogues de ce genre et ne reculent pas devant les expériences sexuelles les plus cochonnes, n'ont pas toute leur tête, je n'ai pas d'amies, je suis seule, seulement aussi seule que le pôle Nord, es-tu seule, toi Phyllis, à Medicine Hat, quel beau nom pour une ville, rêve charmant d'un magicien qui laisse s'enfuir hors de son chapeau des lapins dans les Prairies et aussi des oiseaux fantastiques, et tu es dans ce chapeau, ce chapeau médicamenteux, Phyllis, rien ne saurait te manquer en si belle compagnie, ici à Sherbrooke, les rivières s'humectent le gosier, qui ne risque rien ne gagne rien, alors elles se jettent à l'eau, sautent à la perche la langue pâteuse! je ne me présente pas aux repas, maman est inquiète, je ne fais rien, je ne veux pas manger, ô Nicolas! where are you, my lover, où est mon Nicolas, where are you my darling, I need you,

I cannot live without you, my heart is broken, my love, Phyllis me lis-tu toujours, jette la lettre par la fenêtre, mon histoire est une histoire forgée.

IV

LA NEIGE NEIGE par la fenêtre et par inadvertance sur mon monde inapproprié, toute consciente de son admirable inactivité, de son inaccessibilité, en flagrant délit, dans le secret avec moi, omniprésente, m'introduisant dans la perpétuité, je suis une femme abandonnée et enneigée, ô mon amoureux! reviens-moi comme déjà en décembre, la fille à marier meurt sans visage, renvoi en bas de page de l'histoire, dans un port, solitaire, de la grosseur d'un pois, d'une noix, microscopique algue marine, perdue dans la mer, je frissonne, je m'éteins, comme le canard du Labrador, les chevaux sauvages, les bisons géants et les pigeons voyageurs qui sont disparus de la surface de la Terre, je m'évanouirai, une jeune fille comme moi ne peut pas vivre, les effets destructeurs de la civilisation sur la vie me placent au bord de l'extinction, nos espèces sont très menacées, Phyllis, avec notre fragile, délicate santé, notre bonheur précaire, sommes-nous à l'aube d'un nouveau réveil comme disent les professeurs, notre extraordinaire propension à nous protéger de l'amour, tout ce qu'on peut ou pourra tenter devient vain à moins que l'augmentation de la population des non-amoureux soit freinée, dans la noirceur permanente du profond océan, nous, les étoiles de mer, nous nous insinuons dans les minces fentes des rochers, nous nous dissimulons, vivant sur les fonds durs où la lumière pénètre, ô la lumière, Phyllis, nous nous nourrissons de fines particules de lumière, certaines étoiles courageuses étendent leurs bras longs, grêles et souples et attrapent les particules en suspension, mais je suis épuisée, quel médicament ferait effet et pourrait réussir à m'exhumer du continent enseveli, Phyllis, as-tu un remède dans ton beau chapeau de médecine, pour moi entourée de brouillard, une fontaine de sagesse pour me sauver de la violence, de la discorde et de la confusion, de l'orgueil et de l'arrogance, et de tout mal, une prière pour que revienne mon amoureux Nicolas, pour défendre notre amour et nous façonner en une seule et même personne, Nicolas et moi, pour nous délivrer du monde et nous faire la grâce d'entrer dans la terre de la lumière et de la joie, dans la communion des saints, dans l'infinie gloire éternelle ? oh ! j'ai un mal de tête terrible, je vais laisser mon passeport expirer, je perds le fil, le navire est en détresse, l'avion s'écrase au sol, perclus de rhumatismes, plusieurs questions resteront sans réponse.

V

PHYLLIS, MA CHÈRE PERDRIX, pourquoi suis-je en train de t'écrire à toi dans les Prairies si loin de moi au Canada, peut-être est-ce parce que je ne te connais pas du tout et que c'est plus facile pour moi de parler, I cannot talk to mes amies à l'école Sainte-Marguerite de Sherbrooke, ni à ma mère ni à ma sœur aimée, elles ne me connaissent pas, je ne connais pas ces étrangères, elles ne voient pas que je suis en danger, en péril périlleusement, je m'étrangle avec une arête de poisson à table et personne ne m'aide, j'ai une soif dévorante et ma famille est un désert, if I was writing to you in French, you would understand nothing and they would know all my secrets, ô Phyllis, my dear friend, je sais que tu me comprends, mon âme sœur, ma sœur inconnue néanmoins, malgré tout, malgré ma maladresse, en dépit de ma gaucherie, toi là-bas dans une autre partie du monde, mais il n'y a pas de distance, pas de langage, pas de temps entre nous, tu pourrais être ma grand-mère ou ma fille, je peux te montrer mon cœur, je peux te confier mes secrets sans fil et sans foyer, ma parente la plus proche, par transfusion de sang, ô je t'aime Phyllis, mon bon esprit, j'ai perdu le pouvoir de la parole, seulement toi, Phyllis, ma sœur, peux m'écouter et me comprendre, parce que tu n'existes pas, je peux te parler mon cher fantôme, mon double vivant dans un chapeau de magicien si loin dans le Far West, où il est bon pour moi d'entendre le diseur de bonne aventure fabriquer une nouvelle histoire d'amour, je suis hypnotisée par lui et son formidable chapeau, le saint chapeau descendant du ciel, éclairant les Canadiens, pour les guider sur le chemin de la vérité, leur donnant courage, ferveur et zèle pour qu'ils annoncent dans toutes les provinces le Divin Chapeau, par qui nous avons été tirés de la noirceur et de l'erreur et élevés dans la claire lumière de sa vraie connaissance, donc avec les anges, ô Phyllis, mon pur ange, n'écoute pas mes blasphèmes, jette ma lettre par la fenêtre, j'espère que je ne t'enverrai jamais ce tissu d'absurdités, j'écris seulement pour moi dans l'obscurité, dans l'enfer de mon amour mort dans le caveau de famille, ils vont me survivre et personne ne saura jamais rien, nobody will never know my sorrow and my shagreen, ô Phyllis, ferme tes yeux et couche-toi, il est tard, et dors, tout est o.k. maintenant, rêve pendant que je reposerai en paix, et pardonne-moi.

VI

Si ma mère pouvait voir cette lettre anglaise que je suis en train de t'écrire, Phyllis, elle serait très fâchée, elle me giflerait ou pleurerait, me demanderait si je l'aime, je ne répondrais pas, je voudrais seulement mourir parce que je l'aime beaucoup en même temps que je ne l'aime pas du tout, je suis une traîtresse, maman, va-t'en, je ne peux pas t'aimer, laisse-moi seule, je vais me tuer, je n'ai pas le droit de vivre plus longtemps, je boirais un poison ou me tailladerais les poignets, oui, je vais me mettre dans l'état d'un sommeil prolongé, Phyllis, ma température va baisser tout près du point de congélation, je vais migrer, l'esprit dépourvu d'idées, harcelée ici dans le sud par les mouches noires qui piquent ma chair, je vais atteindre le pôle pour habiller la fiancée, pour décorer la fille à marier, pour embellir la paralytique métamorphosée en un cube de glace dans l'île Ellesmere, alors les taureaux qui sont déjà arrivés, qui ont réservé leur territoire et rassemblé les harems de vaches, ne me verront pas dans les Cantons de l'Est, la jeune fille ne commencera pas à s'accoupler à l'âge de douze ans pour laisser traîner sa robe dans la poussière, elle ne prendra pas sa mort au tragique, maman fut mère adolescente, Phyllis, et ma grand-mère anglophone me prit avec elle quand maman et moi sommes revenues de l'hôpital, après, à cause de l'hostilité entre ma mère et ma grand-mère, j'ai été mise en nourrice, puis je revins chez ma mère française, ici à Sherbrooke, au Québec, d'où je t'écris maintenant, oh excuse mes digressions, je tourne le fer dans la plaie, mon âme inassouvie en ces temps troublés, il y a 615 rues à Sherbrooke et où es-tu Nicolas, Nicolas, where are you my love, ô Phyllis, tu sers d'intermédiaire dans une histoire d'amour, jamais je ne pourrai te remettre tout ce que je te dois, je prierai pour toi au dégel, à la fonte des neiges.

VII

COMME UN FOSSILE, je ne suis pas particulièrement jolie, je dois me contenter d'un court printemps d'amour, d'une affection dans un climat rigoureux, froid, arctique et sans arbres, les passions dans le sol familial demeurent gelées la plus grande partie de l'année, je suis un pays de toundra, je suis couverte de marécages, je suis un tapis spongieux de végétation pourrie, de lichens et d'herbes, dans le désert de l'amour, je me suis adaptée pour garder la chaleur et conserver l'amour comme les bœufs musqués, les lemmings, les caribous et les renards arctiques, ce sont mes amis, les amis du pôle, les amis de la cathédrale arctique où le givre est notre manteau, peu m'importe que ma peau soit marbrée par le froid, le froid est notre chaleur, où suis-je, où sommes-nous, Phyllis, vivons-nous il y a des millions d'années avec les hominidés, les Ramapithèques, les singes, les Australopithèques robustus africanus, les Néanderthals, ton père est un Homo erectus et, crois-le ou non, ta mère est un Homo erectus aussi, les Homo erectus ont appris à se servir du feu, avec le feu ils se réchauffaient, ils éclairaient l'obscurité pour éloigner leurs terreurs vraies ou imaginées, ô Phyllis, je n'ai pas de lumière dans la nuit, moi, Homo, ou plutôt Fémina Sapiens, je ne vois pas, vois-tu quelque chose dans le néant du vingtième siècle, ils font cuire et attendrir leur viande, mais ils ont un cœur de pierre, depuis des millénaires innombrables, rien n'est arrivé, ah, poor friend, here I am again, having the blues, forgive me, my darling, my kindred sister, think of me ! oh ! pardonne-moi, ma chère âme sœur.

VIII

La fille à marier pourrait porter de longues boucles d'oreilles en filigrane fixées à chacun de ses lobes, et être belle, pourquoi ne pas être dans le mouvement, pourraient lui dire les gens, pourquoi ne pas courir la ville avec les garçons, prends la pilule, tu n'auras plus peur de tomber enceinte, le sexe n'est rien d'autre que du plaisir, lui diraient encore ces gens, quelle est cette insensée, extravagante idée de se marier, la fille à marier ne répondrait pas et réduirait ces paroles en bouillie, un hachis pour les masses, la majorité masochiste massacrée par les massacreurs, les politiciens et les présidents de compagnies naviguant à feux masqués et déguisés, dissimulant leur odeur, Phyllis, viendras-tu de Medicine Hat à mon mariage dans tes belles jambes longues et ton chapeau de paille en carriole, un prince consort en habit à queue, un quignon de pain pour un pique-nique, nos corsets se laceront sur le côté, labyrinthiques et langoureux, nous aurons le mot sur le bout de la langue, nous briserons le sceau et assisterons au lever du soleil, vivifiées, chantant des chansons et contemplant le vol des oiseaux, la lampe faiblit, il est trop tard, j'en ai bien peur, je suis morte hier, viens, je suis désespérément en amour avec lui, ô Nicolas, où es-tu, le cheval vit 45 ans, l'ours 25 ans, les chiens et les chats 15 ans, et moi, 12 ans dans des conditions de captivité, mes os ne sont pas encore ossifiés, j'ai grandi au rythme d'un fœtus et j'ai atteint la maturité trop vite, dans un sol pauvre je souffre de sénilité d'amour, mon cœur est tout vieux, il a vécu beaucoup plus intensément que le cœur d'un éléphant qui vit 70 ans ou que le cœur de maman qui ne bat pas le même nombre de coups dans un centre commercial, devant l'écran de télévision ou au téléphone.

IX

Il y a un bébé qui grandit à l'intérieur de mon propre corps, Phyllis, je ne le crois pas, peut-être est-ce seulement une tumeur ou suis-je en train de devenir un peu grasse, je ne peux pas m'imaginer qu'il y a un autre être humain au-dedans de moi, ô Nicolas, it would be our son or our daughter, our child, notre enfant, si je suis vraiment enceinte d'un enfant, je vais le garder et l'élever, je vais quitter l'école et rester à la maison, je suis contre l'avortement, maman va m'aider, il serait ma principale raison de vivre, ma mère ne veut pas me parler, elle a un air maussade mais le bébé sera gentil et elle aimera son petit-fils, sinon je vais m'enfuir de la famille-patate, la famille-moutarde, mais peut-être n'y a-t-il pas de bébé, qui sait si mon fruit naissant ne m'a pas déjà quittée, je suis une fleur grande ouverte qui montre ses réceptacles charnus, son ovaire interne, ses bronches avec ses feuilles, ses étamines et ses pistils, Phyllis, je suis comme les lis cultivés comme plantes d'ornement, mais de l'espèce de lis qui produisent des drogues et du poison, j'en ai eu trois fois plus que j'en ai besoin et je nage contre le courant, le poison est contre moi, je l'absorbe pour devenir asexuelle et stérile, je ne mange plus, Phyllis, tu es en train de lire mon testament, je laisse, je lègue mes pétales, mes larmes séchées, mes ovules, ma corolle, ma robe de mariée à toi ma fleur sœur, je vais être incorporée au monde organique et transformée en matière agricole, produisant avec les feuilles mortes des molécules et du fumier, ding dong sonnent les cloches à vache, je vais me déplacer le long des chaînes d'électrons jusqu'à d'autres vies, je serai un plan de tomates ou un pois, mais pas une fleur violée, je ne veux pas être jolie ni mignonne, mon cœur en cube de glace fleurit en milliers d'étoiles cristallisées et resplendit de santé dans l'hiver, tu pourrais penser que la fille à marier s'est endormie à la croisée des chemins, mais elle crie quelque chose du haut du toit de la planète dans le vent du nord.

X

Je ne demande pas à ma mère si elle est heureuse, elle est trop occupée à tenir la maison, la famille-patate, elle doit faire des courses, elle doit répondre au téléphone, elle doit faire cuire des pommes et faire des tartes aux pommes, elle doit voir le psychiatre, le gynécologue, je ne pourrais pas lui dire que j'ai été menstruée en juillet, j'ai commencé à avoir mes règles quand j'avais dix ans, j'avais mes propres serviettes, elle m'a dit que les bébés poussaient dans l'estomac, j'ai pensé que le bébé me sortirait de l'anus et non du vagin, nos corps sont si petits, comment peuvent-ils se dilater assez, l'aveugle peut-il conduire l'aveugle, ne risquent-ils pas tous les deux de tomber dans le fossé, le disciple n'est pas au-dessus de son maître, et pourquoi vois-tu la poutre qui est dans l'œil de ton frère et ne vois-tu pas celle qui est dans ton propre œil, toi l'hypocrite, enlève d'abord la poutre de ton œil, c'est un jeu, tu dois obtenir de bonnes notes pour rester à l'école, j'ai laissé tomber tout ça, ce n'est plus mon genre, mister

Smith my english professor vit pour enseigner, il ne sait pas quoi faire à 37 ans, il est trop vieux, je lui ai parlé de mon fruit naissant, son fruit, notre bébé dans mon corps, ce fut un accident bien sûr, parce que mon amoureux c'est Nicolas, seulement Nicolas, jamais avec Nicolas je n'ai fait ces choses, mais ce soir-là à la maison, il était là avec moi et je ne sais pas ce qui est arrivé, il n'est pas mon amoureux, il est seulement mon professeur, mon ex-professeur.

XI

PEUT-ÊTRE QU'IL POURRAIT me tenir par la main et parler de la curieuse façon dont les choses ont tourné, et apporter avec lui un cadeau pour le bébé, jouer au baseball avec mon jeune frère et me montrer sa dent de sagesse sage comme une image dans sa bouche de sacristain, il veut m'aider, il veut se sacrifier pour moi, cela fait saigner son cœur, il m'ordonne de manger, je ne l'écouterai pas, il ne verra pas cette lettre anglaise non plus, vous êtes assis dans les fauteuils d'orchestre, lui dis-je, vous avez mis un satellite en orbite, si cela venait jamais aux oreilles du directeur, vous pouvez imaginer à quel point il serait fâché, j'ai une bonne opinion de vous mister Paragraph, je suis sur une mauvaise pente, les pentures du gouvernail sont brisées, allez monsieur, je vais louer un appartement de trois pièces, une pour moi, une pour Phyllis et une pour mon bébé, vos doigts tambourinent sur la nappe, la fumée me picote les yeux, allez maintenant, je dois parler à Phyllis, mon âme sœur à Medicine Hat avec ses nombreuses pensées détalant dans les Prairies, oui Phyllis, my english professor s'est amouraché de moi, il est beau, il est bon, il est doux, il est la seule personne à qui je peux parler, et maintenant, à moins qu'il ne puisse s'arrêter lui-même, il va aussi briser son mariage, à mesure que ma grossesse progresse, il s'effraie, expliquant à quel point le travail et la délivrance l'inquiètent, il veut laisser son emploi, rester à la maison et prendre le temps comme il vient, je suis amoureuse de Nicolas, lui dis-je, je ne crois pas qu'il existe des mots pour dépeindre le miracle de la naissance de notre bébé, dit-il, Phyllis, il ressent une puissante poussée d'émotion, il rougit profondément et peut à peine parler, il se sent si comblé, c'est complètement inattendu, ne penses-tu pas, Phyllis, il fantasme sur moi de plus en plus, il pense même à moi pendant qu'il fait l'amour avec sa femme, je ne parlerai pas avec lui de couches, d'horaires de dodos et de problèmes de nourriture, parce qu'il n'y a plus de bébé en moi.

XII

Je ne ferai pas des exercices pour développer mes seins et je ne commencerai pas à porter un soutien-gorge, je n'ai pas besoin de soutenir le poids de mes seins, parce que je n'ai pas de seins et que je n'en aurai jamais, maman a subi une mastectomie et elle porte une grande cicatrice, je l'ai vue, au-dessus du cœur, je n'accentuerai pas mon regard avec de l'ombre à paupières, du eyeliner, des couches de mascara, je ne camouflerai pas mes poches sous les yeux, je n'ai aucun problème de beauté, je ne me ferai pas refaire les mamelons, parce que je ne vivrai pas, Phyllis, le cancer ne me fait pas peur, c'est une bénédiction, tous ces humains qui vivent trop vieux avec des cœurs de pierre dans de vieilles mécaniques, gardant leur peau propre, moite, avec de légères crèmes de nuit, des huiles de bébé, des massages, de la vaseline, des lotions astringentes etc., je n'enlèverai pas doucement ces cellules de peau morte qui peuvent boucher mes pores et occasionner des problèmes de peau, j'entretiens mes affections de peau, je suis fière d'elles, de mon visage moucheté et boutonneux, toujours prête à montrer mon œil qui louche, et je remercie Dieu que mes vêtements tombent en loques, je fais naufrage comme une vieille guenille, je ferme la porte de ma chambre et je pousse le loquet, ma vie est un roman plein de longueurs, un long hiver, le temps stagne, je m'ennuie, ô Phyllis, tu ne peux pas imaginer la tristesse de ma vie, sans joie, sans feu, sans charme, sans allégresse, je suis sous le joug du Chat botté, du tac au tac, navire en dérive.

XIII

Il n'y a pas de quoi être particulièrement fière dans la décadente mentalité du vingtième siècle, comme les rois et les dictateurs, les tsars les empereurs et les reines, beaucoup de gens riches ont des relations sexuelles avec des jeunes filles comme moi, Joseph Staline visitait les écoles de Russie pour kidnapper des jeunes filles et les gardait prisonnières pour nourrir son amour maladif, entretenir ses impulsions sexuelles et sa passion dégénérée pour nous les petites filles, comme my english professor mister Paragraph Smith, mais ce n'est pas un maniaque, il aime la fermeté de ma chair, mon idéalisme, la grandeur et la noblesse de ma jeune âme, ma nouveauté, l'espoir que je représente, et je ne l'aime pas, j'aime Nicolas et je veux mourir, la vie se perpétue et dure à l'infini, je m'épile les sourcils, sans commentaire, sommeil agité, manque d'appétit, la vie m'est un interminable cauchemar, en ce monde ils ne savent vraiment plus ce qui est bon ou mauvais, ils peuvent blesser et ils ne savent pas, ils ne veulent pas savoir qu'ils font du mal, avec leur cœur de pierre, le sexe pour plusieurs de mes amies, Phyllis, est simplement une chose du plaisir, nous sommes des bêtes à quatre pattes dans un film à épisodes, ils ont vendu leur âme au démon désabusé, à l'esprit de désillusion, la vieille génération veut jouer de bonheur et jouir de la fraîcheur, de l'innovation, de la surexcitation que nous pouvons apporter au lit, si seulement ils pouvaient faire durer cette heure pour toujours dans une perpétuelle joie, un perpétuel bonheur et une vie sans fin comme dans le Ciel avec le Père éternel mais cette heure est aux enfers, il n'y a pas d'amour, et où il n'y a pas d'amour c'est l'enfer, ô Phyllis, je me suis cloîtrée dans ma vie tous les jours de mes douze années, je sens le renfermé, ne me lis plus, jette ma lettre par la fenêtre, l'Amérique est à la page et court à sa perte, anéantissement corps et biens, écoulements vulvaires et flux, la moëlle épinière est atteinte, l'épluchette de blé d'Inde est terminée, les convives haussent les épaules, et les filles épinglent leurs cheveux, cherchant une aiguille dans une botte de foin pour se tirer d'affaire, habillées avec un soin méticuleux dans la détresse, personne n'étant capable d'éloigner la souffrance et la maladie de l'âme et du corps et de recouvrer la bonne santé, aigri par le malheur et les échecs, ô je ne suis pas dans l'éternelle et glorieuse compagnie de gens charitables ici, je marche dans le désert, Phyllis, profondément consciente de la longueur et de l'incertitude de la vie humaine, des douleurs, des erreurs et des difficultés du monde, je me trouve dans une grande faiblesse corporelle, ces jours n'en finissent plus, ô je veux mourir, my english professor n'est pas responsable, il pense que j'ai trouvé mon plaisir, je suis si déprimée, maussade et perdue dans mes pensées, il n'a pas eu de liaison avec moi, il faut que je te le dise franchement, tout ce qu'il m'a donné se limite à ses leçons d'anglais, Phyllis, il n'existe même pas, non, il n'y a pas de mister Paragraph english professor ni personne portant un nom pareil, moi-même je n'existe pas, seulement toi, ma chère amie, mon âme sœur, mon ange, seulement toi, tu existes, Phyllis, avec Nicolas, seulement vous deux.

XIV

Penchée sur le berceau, mortellement blessée par le peloton d'exécution, je retourne à la maison enfant mort-née, toutes voiles dehors, je me tiens seule dans mon coin, pendant qu'ils chuchotent entre eux, je m'y résigne, je mets le navire en rade, je plante le monde là, j'enterre la question, je m'en vais, grattant le fond du panier, pas d'amour, Phyllis, aller à la source du mal sera nécessaire, un jour les bombes atomiques parleront dans les villes pour racheter le genre humain, je ne suis pas opératrice radar, je ne recruterai pas de partisans, maman raconte de longues histoires, elle en raconte de belles, qu'est-ce qu'elle raconte là, ce n'est que du bavardage, la folie et la vanité de ces choses auxquelles la plupart des gens occupent leur vie, ils veulent la vérité, ô Phyllis, c'est atroce, ils n'ont aucune crainte, ils cherchent sans poésie des réponses décevantes et de vaines richesses, la petitesse de leur tendresse les fait se recroqueviller sur eux-mêmes, têtards de la tête aux pieds, vieillards et vieillardes mourant intestats comme des terriers agitant leur queue dans des jardins zoologiques, appuyée contre le mur, ô dans une constante mélancolie et un incessant mécontentement, je veux m'endormir tranquillement, adieu mon amie, partant, partant, partie, je prends la route, silencieuse et inconnue, ô Nicolas, mon cher amour, mon doux cœur, viens, où es-tu, j'irai avec toi dans un autre monde où tu te trouves en ce moment, mon chéri, quand tu es mort lundi dernier, je me suis promis que j'irais marcher, main dans la main, avec toi dans le cosmos, dans l'allée de la Voie lactée, nous trouverons le bonheur ensemble comme nous l'avons trouvé ici dans la ville, nous nous marierons à nouveau, nous nous donnerons plus et plus, nous n'avons pas cessé de nous aimer l'un l'autre, Nicolas, my dear love, you are not dead, you will never be dead for me, you always will live, eternally, mon amour, tu n'es pas mort, tu ne mourras jamais, tu vivras éternellement, je ne suis pas joyeuse, Nicolas, pas contente, l'es-tu, comment pourrais-tu être content sans moi, es-tu en quelque paradis ou dans un purgatoire, je vis ici parmi des montagnes de neige et des rivières de glace, as-tu pénétré dans de magnifiques temples où nous pourrions nous marier dans de riches robes de cérémonie, ô j'ai hâte de dérailler, de quitter la putrescente fermentation, de me joindre à toi dans la mort, mon amour, ô my dear love, Nicolas, hold out your hands, come and take me with you, viens me chercher mon chéri, donne-moi ta main et passe-moi encore l'anneau de mariage, d'année en année annuellement le jour de l'Annonciation, et nous monterons une tente pour toi et pour moi, dans la voûte céleste, papillotant des yeux.

DEUXIÈME PARTIE

XV

M'EST AVIS QUE JE SUIS JEUNE, mais je me sens infiniment plus vieille que mes douze années, nous souffrons, Phyllis, ne souffrons-nous pas, parmi les mortels, nous n'avons pas satisfait nos désirs, et le désenchantement nous accable, les danses, les parties, les fêtes, les réjouissances ne sont rien sans l'amour sincère, ô pure et bonne Phyllis, nous n'amassons pas pour nous-mêmes sur terre les trésors que les mites et la rouille décomposent, que les voleurs défoncent et volent, mais il n'y a rien à voler parce que je n'ai rien, je vis seule dans un cube de glace loin au nord, immuable, inaltérable et ferme, me réveillerai-je avec Nicolas, ressusciterai-je dans une éternelle jeunesse, dans une éternelle floraison, derrière les barreaux, dans les nécessités, dans l'attente, en détresse, ô Nicolas, nous pourrions nous asseoir ensemble, tu pourrais peut-être prendre ma main et je pourrais prendre la tienne, nous pourrions marcher dans les 615 rues de Sherbrooke, bras dessus bras dessous, ô Phyllis, je le vois, il marche avec moi, il n'est pas mort, il marche vers moi et il m'embrasse sur la bouche, nous nous étreignons, nous ne parlons pas, dans un muet respect, interdits et tremblants, écoutant le battement de notre cœur dans nos veines, dans notre cage thoracique, la lune pleine de grâce se dégage des nuages, de sa prison et de ses attaches, dans l'armure de la droiture, agréant l'expression de nos sentiments les meilleurs, nous présentant ses sincères amitiés, montant son cheval à nu dans le ciel au-dessus de la baie d'Hudson, du nord de l'Ontario, du Manitoba et de la Saskatchewan pour rejoindre Medicine Hat, le Chapeau magicien dans les Prairies d'où elle vient, éternelle et spirituelle, non pas temporelle et matérielle, elle roule dans l'espace, elle éprouve une attirance instinctive pour nous, jetant un coup d'œil discret sur les faibles mortels, rachetant la nature humaine déchue, soulageant la conscience de la fille à marier des afflictions et du tumulte et induisant en elle les fruits de l'amour au moyen de la gaieté, de la prospérité et des vingt-neuf jours de ses cycles de gloire, ô la lune, Nicolas, nous irons sur la lune, nous monterons ce cheval doré et voyagerons dans le cosmos, ensemble, nous affronterons les grands vents solaires et traverserons les pluies de météorites in the armour de l'amour, nous ressusciterons des morts, tous les jours que Dieu fait, sans lunettes de soleil, la joie, l'allégresse et l'éclat de notre victorieux triomphe sur la souffrance et la privation reflétés sur notre visage et dans notre conduite, écoutant muets d'étonnement, silencieux comme la tombe, le son de l'éternité.

XVI

Elles expérimentent la mode « angoisse » en maquillage du visage, elles ne savent pas ce que c'est que l'angoisse dans ma classe, elles vont à la discothèque presque chaque soir, elles font brûler de l'encens dans leur chambre à coucher, elles paraissent plus vieilles qu'elles ne le sont, elles lavent leur visage au savon et à l'eau deux fois par jour, elles s'inquiètent, elles s'inquiètent vraiment de leur peau, de l'apparence de leur peau, du sentiment de leur peau, elles vivent comme du bétail, elles me font un sourire forcé pendant que, moi l'épave, mes bas font des plis, elles se tordent les mains de désespoir comme le vin qui ne pétille plus, leur cœur froid, et elles consentiraient à mon exécution et à ma lapidation m'accusant de blasphémer, ô Phyllis, les tortures et le supplice que j'endure sont horribles, mais mon tourment le plus cruel et mon angoisse la plus profonde ne sont pas des douleurs physiques, mes souffrances sont morales, je suis isolée, abandonnée, seule, pas de compagnons intimes, où sont mes amis, mes frères et mes sœurs, ô Phyllis, est-ce qu'ils me rejettent, cela semble sans espoir, dans la plus profonde agonie, je suis tentée de désespérer, contre toute apparence peut-être que la fille à marier pourrait connaître le bonheur, crois-tu qu'elle devrait se suicider, suffoquée par les sanglots en cette Amérique qui couvre ses frais et qui sent le crime à plein nez, il y a des limites aux conditions que divers êtres humains peuvent supporter ou dépasser, le sexe n'est rien d'autre que plaisir, la guerre n'est rien d'autre que plaisir dans le Paradis terrestre, les plombs ont sauté, il bruine maintenant, le fromage grouille de vers, il y a un bouleversement dans les assises de la société moderne, ô Phyllis, excuse-moi, pardonne-moi, jette ma lettre par la fenêtre, ma sœur inconnue, ou envoie-moi une drogue du chapeau magique que je prenne mon essor vers les cieux, j'ai reçu une blessure et je vais en mourir.

XVII

Grands yeux, longues antennes, ailes membraneuses, corps ténu, la demoiselle n'est plus une demoiselle, une étreinte fatale l'a tuée, une luciole s'en est emparée et a commencé à s'en nourrir, une imitation du signal lumineux de son espèce l'a trompée, je suis certaine d'avoir reconnu l'amour, mon amour Nicolas, à son rythme caractéristique, à sa manière particulière de clignoter de la partie ventrale de ses derniers segments abdominaux, alors que je volais, j'ai émis le signal approprié dans l'intervalle approprié, j'ai volé de son côté, émettant mon signal à nouveau, et le dialogue nous fit découvrir notre grande affinité l'un pour l'autre et notre accord harmonieux, ô Phyllis, on a capturé la fille à marier, elle est tombée en proie à la tentation, une luciole mâle (ô, il est si beau, si luminescent!) en a fait sa proie, je n'admettrai jamais que Nicolas faisait semblant, il clignotait spirituellement, finement, la reconnaissance fut instantanée et s'il est un ennemi, j'aime mon ennemi, ô Nicolas come, I will join you into the hereafter, why don't you pursue me any more, pourquoi as-tu cessé de me poursuivre?, je suis hantée par toi, entends ma chanson courtoise, j'entrechoque les fémurs de ma troisième paire de jambes, écoute le bourdonnement passionné de mes ailes qui battent et le vrombissement de mes membranes, je prends mon pouls qui court çà et là comme un affolé, tout mon sang ne fait qu'un tour, j'ai des palpitations, envolons-nous ensemble, ah! la demoiselle n'est plus une demoiselle, elle a déchiré ses ailes, elle est un termite maintenant allant de l'avant avec les autres sur terre et fourrageant la nuit avec d'énormes armées pour amasser de l'humus, des feuilles pourries et du lichen, sous la direction d'une dizaine de politiciens marchant de front et flanqués de soldats braquant sur le monde des missiles guidés et des engins de guerre.

XVIII

PHYLLIS, TON PÈRE est-il un de ces cow-boys capitalistes de l'Alberta, courant après les taureaux dans les Prairies, empoignant fermement le lasso enroulé autour du cou de la bête, oh Sherbrooke, tu sais, n'est pas une ville lumineuse s'élevant au-dessus de la mer, faisant d'une mouche un éléphant, maman n'est pas riche, elle était esthéticienne, si tu as un père, est-il riche, possède-t-il des magasins à rayons, des lignes aériennes, des hôtels, des compagnies d'assurances, des chaînes de télévision, des brasseries et des distilleries, des chemins de fer, des banques, des mines d'or, des mines de charbon, des puits de pétrole, emploie-t-il des gardes du corps et refuse-t-il tout appel téléphonique, avez-vous une villa à Nassau ou un château sur le Rhin, Phyllis, peux-tu parler au magicien et lui demander de trouver dans son chapeau médecin une médaille de Saint-Christophe pour la fille à marier, ainsi je pourrais mieux voyager jusqu'à Nicolas mon amour, je ne veux pas une paire de souliers ni une nouvelle robe de pourpre et de linge fin, ô Phyllis, je vais t'entraîner dans ma chute, ne m'écoute pas, enveloppe-moi dans un drap propre, couche-moi dans ma tombe et roule sans hésitation devant la porte du sépulcre une grande pierre, je suis une pauvre créature, couverte de plaies, atteinte de rhumatisme articulaire, cependant je connais la réalité et la sincérité de l'amour de Nicolas, amour invisible mais dont la nature m'a été révélée par ses ondes lumineuses.

XIX

J'ai fleuri prématurément et hors saison, j'ai été exposée à l'amour et maintenant, à douze ans, déjà ménopausée, les pieds joints, je vis dans la noirceur continuelle, mon horloge interne et biologique s'est brisée, mes feuilles pendent, mes amies, elles, n'ont pas vu leurs ovules mûrir si vite, pendant les gels ou les sécheresses leurs bourgeons dormants résistent bien aux intempéries, la seule saison où je pourrais encore fleurir, moi, c'est l'enfer, où je pourrais certainement retrouver mon père polygame que j'ai empoisonné avec de l'arsenic, dans sa soupe, mort et enterré, quand l'inspecteur de police arriva, je me composai un visage de circonstance, je gardai un visage impassible, les obsèques auront lieu dans la plus stricte intimité, dit ma mère, elle ne voulait pas voir toutes les maîtresses de feu mon père, décision prise par elle à la majorité des voix, votre père, dit-elle, s'en tire sans aucune perte, de deux calamités il faut choisir la moindre, il n'y a pas de mal à cela, il n'a pas à le regretter, il fit sa valise malin comme un singe, nous préservant de toute peur torturante d'une condamnation le jour du jugement dernier, nous ne l'aimions plus parce qu'il ne se souciait ni ne s'inquiétait plus de nous, j'ai été malchanceuse, une pauvre pièce de cinq cents dans mon porte-monnaie, où irons-nous Jeanne, me demanda ma mère, c'est l'attachement aux biens de ce monde, dis-je à maman, tu n'as qu'à prendre un congé de maladie, mais je n'ai plus d'emploi, dit-elle, ton emploi, maman, ai-je rétorqué, c'est moi et dans un peu de temps tu ne me verras plus, comme papa, oh, j'ai les jambes rompues, Phyllis, c'est la troisième guerre mondiale, je me bats contre des moulins à vent comme Don Quichotte, je suis bavarde et verbeuse, ne m'écoute pas, pardonne-moi, ô ma chérie dans ton fabuleux chapeau, ô Saint, Saint, Saint Seigneur Chapeau Tout-Puissant, qui fus, qui es, et qui viendras.

XX

MA GRAND-MÈRE GRANULÉE est née en 1919 dans la ville de Québec d'une famille anglaise, elle a fait ses études aux universités Bishop et McGill, elle voyage, elle écrit des lettres françaises, elle parle, parle et parle, ses mots et ses voyages sont ses poèmes choisis, son anthologie, ses œuvres mortes, elle cherche son identité mais elle croit qu'elle n'en a pas, et je pense qu'elle n'existe pas, je n'ai pas de grand-mère, je l'aime beaucoup, Phyllis, mais je n'ai pas d'ancêtres, je suis une orpheline, je n'ai que moi dans le monde, et toi Phyllis, personne d'autre, quelquefois je parle à son apparition, je converse avec le fantôme de ma grand-mère, fleur de farine, sa tête remplie d'idées romantiques, je ne suis pas romantique, je déteste le romantisme, elle écrit des lettres, je ne l'ai jamais vue, elle passe son temps en voyages-découvertes autour du monde, pas tellement loin d'ici dans un hôpital psychiatrique, elle m'écrit dans une lettre récente : « Chère Jeanne, tu seras surprise de avoir le centième lettre de moi en dehors d'ici —

j'ai été sortie dans les montagnes Rocheuses et le Colorado (2,000 miles) (il me semble que j'ai envoyé un écrit à toi six semaines déjà de Denver) — j'ai été très bien jusqu'à trois semaines déjà quand j'ai été malade et avariée, et remorquée jusqu'ici dans Medicine Hat pour réparations, ai été ici dès lors — suis fixée confortablement encore une peu indisposée, (mais je n'ai pas de doute que je serai bien comme d'habitude avant longtemps) — devrai rester ici probablement deux ou trois semaines longues, et alors de retour vers l'est à Québec — Jeanne, c'est un belle contrée par ici, et personne ne sait combien gros c'est jusqu'à ce qu'il se lance dans le milieu de tout cela — mais c'est pleine de monde fauché ici, beaucoup des jeunes hommes, certains vieux types, certains garçons de 15 ou 16 — I meet them everywhere, je les rencontre partout, spécialement dans arrêts de chemins de fer, sans l'argent et essayant de rentrer à la maison — mais la marche générale de toutes ces places de l'ouest, villes et pays, est vraiment prospère, on the rush, c'est la ruée, pleine de gens, pleine à manger, et apparemment pleine d'argent, dans Medicine Hat — trouvé un soldat ici qui avait connu ma père dans le guerre 15, des années déjà a été marié et tient l'hôtel ici — j'ai eu du dur travail à me mettre loin de lui — il veut que je reste tout l'hiver — la photographie à la début de cette lettre c'est la pont au-dessus la rivière Saskatchewan — je vais souvent en bas de la rivière, ou à travers la pont c'est un de mes vues favoris — j'ai rencontré là une jeune fille comme toi — alors, Jeanne, chère fille, je suppose que j'ai assez écrit — comment vas-tu ? je pense souvent à toi et pas de doute toi souvent tu le fais de moi

— Dieu te bénisse, mon amie chérie, et quoi qu'il arrive, tu dois garder un bon cœur — ce que j'essaie — au revoir — de ton vieux grandma granule. »

XXI

J'HÉSITAIS ENCORE à parler à my english professor quand il m'a descendue en ville, un homme se juge par ses actions, me dit-il quand je lui montrai les cicatrices sur ma cuisse marquée au fer rouge par mon père, je m'endormais, my professor désirait beaucoup faire quelque chose, quelle est ton opinion sur le sujet, me demanda-t-il en touchant ma blessure légère, touché de compassion, my professor dit que c'est par l'affection que nous manifestons à notre prochain que nous pouvons juger de la vérité et de la sincérité de notre véritable amour pour lui, ne remuez pas le couteau dans la plaie, vous mettez le doigt dessus, ai-je dit, donnez-moi un signe révélant l'authenticité de votre personne et de votre mission, Monsieur professor, vous ne m'avez pas convaincue, parce que vous vous obstinez à ne pas accepter que mes attentes puissent être comblées par Nicolas, particulièrement par sa beauté de paria et de pauvre oublié, l'homme ne vit pas seulement de pain, j'ai besoin de lui, vous tous professors, pères et vieux hommes, essayez de survivre, vous avez perdu l'amour, vous avez fermé vos yeux et aveuglé vos cœurs, et je n'aurai aucun enfant de vous, c'est déjà assez que vous soyez mes enfants, la vie n'est pas qu'une course au bifteck, non, vous ne me trouverez pas ni personne d'autre, pas âme qui vive, vous vous attirerez votre propre mécontentement en feuilletant les pages du supplément d'amour inséré dans chaque fille, chacun n'a qu'un amour, et est-ce que votre amour vous a tranquillement échappé dans votre jeunesse, n'êtes-vous pas capables de le faire revivre, pas avec moi, Monsieur mon père, vous avez essayé au nom des liens qui m'attachaient à la famille, vous ne me reprendrez plus à faire cela, parce que maintenant vous êtes mort et perdu par la mort-aux-rats que je versai dans votre soupe de Barbe-bleue, vous avez raté un lièvre, je ne garderai pas l'enfant, enfant de père ou de professor, peu m'importe, je n'aurai pas besoin de me faire avorter parce qu'il n'y a pas d'enfant en moi, pas une grossesse, seulement une mollesse, vous êtes des avortons et des merdaillons, et par surcroît je me meurs, je n'existerai plus ainsi il n'y aura plus de problème en tout et pour tout, je suis ma propre enfant, non je suis une femme, Nicolas a fait de moi une vraie femme, il est mort dans mes bras, plus jamais sujet à la dégénérescence de son corps physique et libéré du joug du temps sur son cœur et son amour, mais il n'est pas mort, c'est moi qui suis morte, une morte et deux blessés : moi, lui, et le bébé, je me coucherai dans la naphtaline blanche en boules, dans une nappe de pétrole, dans une coulée de lave, dans une nébuleuse, protégeant mon amour contre les changements du temps, attendant la renaissance, ô Phyllis, pardonne-moi mes vifs espoirs, je vole à l'aveuglette, triste comme les pluies de février et les arbres rabougris, j'aurai bientôt terminé, je vais me suicider dans mon bain, tu ne verras jamais cette lettre, demande de mes nouvelles à ma grand-mère sur le pont de la rivière Saskatchewan, pas de nouvelles bonnes nouvelles, ô mon blanc lis d'eau, donne-lui un baiser de ma part, si tu la vois, ne lui dis pas qui je suis maintenant, elle sait déjà quelle révoltante, quelle terrible et effroyable chose je suis, je n'ai pas honte ni elle non plus.

XXII

J'AI ÉTÉ EXPOSÉE à la lumière ultraviolette, toutes mes cellules ont été endommagées et mon mécanisme est défectueux, je ne peux pas me rétablir, je ne peux pas remettre en état la structure originale, je ne retrouverai jamais mon souffle, mon courage, ma conscience, détruite par le feu de la passion je ne suis que cette pomme de terre en robe de chambre qui est en train de t'écrire, Phyllis, look out my dear kindred sister, attention à toi mon âme sœur chérie, un parasite peut te transmettre une infection, comme le pou ou la puce, je transmets la peste ou le typhus, ne lis pas ma lettre, chérie, mon doux cœur, où pourras-tu trouver un vaccin, aimerais-tu venir avec moi dans un cube de glace au pôle Nord ou dans une coulée de lave ou dans une nébuleuse, attendre la fin de tout le royaume de la création animée et inanimée, quand le fléau de la souffrance et de la corruption provoqué en ce monde par la chute d'Ève ne sera plus et quand les filles retrouveront leur vrai destin d'amour, le résultat dépassera nos attentes, excédera nos pouvoirs, ce sera la glorieuse transfiguration dans le cosmos, nous guérirons de la variole, la maison n'est pas à notre gré, aimerais-tu partir à la Toussaint, noue tes lacets de souliers, andante, nous irons manger de la manne céleste et boire de l'eau miraculeuse, au milieu des plantes vigoureuses du Paradis terrestre, des arbustes et des arbres, des saules pleureurs, des violettes, des roses trémières, des magnolias, des aquilégies, sur un dromadaire, nous mangerons des fleurs, des poisons et des drogues, de la belladone et de l'opium, nous avalerons leur latex laiteux, le sperme de Dieu, au coucher du soleil, en pyjamas bleus à raies blanches, comme des queues de chat dans le ciel, courant par les champs en compagnie des milliards de gouttelettes de l'humidité du soir, et nous nous étendrons là, le visage illuminé de rêves pour l'éternité.

XXIII

UNE AUTRE LETTRE de ma grand-mère : « Chère Jeanne, alors me voici lancée dans ma soixante-treizième année. Nous avons eu notre partie d'anniversaire de naissance hier soir. Environ 40 personnes — un choix d'amis pour la plupart — une douzaine de femmes. Nous avons eu une capitale de bonne souper, (ou dîner) — soupe au poulet, saumon, agneau rôti, etc. etc. J'ai été frappée d'une horrible vertige entre 5 et 6, mais Warry m'a habillée et descendue en bas — (comme on transporte une grosse bûche) et Traubel avait déjà eu pour moi un gros gobelet de champagne première classe. Je suppose que je l'ai bu d'un seul coup immédiatement. Je les ai certainement accueillis tous avec urgence et j'ai senti aussitôt que si je devais descendre en bas je ne le ferais pas sans une lutte désespérée. J'ai dû prendre à peu près deux bouteilles de champagne le soir… Rien de nouveau vraiment ou de différent mauvais, pas mal mauvais — l'infernale indigestion a continué — pourriture qui s'alourdit — la tombeau dans Medicine

Hat pas loin d'être terminé — j'ai payé le constructeur $5,000 la semaine passée — je souhaite rassembler les restes de mes parents et de deux ou trois autres proches et je le ferai sans aucune doute — J'ai deux enfants morts (jeune homme et jeune femme — illégitimes naturellement) que je désire beaucoup d'enterrer avec moi, viendrais-tu, Jeanne ? J'envoie mon amour à ta père et à ta mère. Your granulated grandma. P.S. : Jeanne, lis ceci : Verseau (c'est moi !) (mon tempérament donné par mon étoile ce mois) : la fille liée par Uranus dans la ciel est lente à aimer. Votre signe a besoin d'explorer — tellement de splendeurs dans le monde — et vous gardez jalousement votre liberty, préférant vous marier passionnément et tardivement. Cela fait de vous le plus rêveuse romantique de tous les signes. (!!) Verseau est aussi un signe critique, subjecting lovers to the closest acrunity, et vous avez un somewhat cœur changeant, Uranus donnant la curiosité signifie vous préférez un troublant, emporté parade de partenaires à un long terme affaire sans brillant, vous êtes sexy dragueuse parfois mais vous avez besoin de vous retirer dans le solitude pour rester emotionally fraîche !... Good bye, my dear Jeanne, adieu, ma petite, ton grandma qui t'embrasse. »

XXIV

Même si nous étions heureuses au moment de notre naissance, Phyllis, nous ne serons heureuses à nouveau qu'au moment de notre mort, ô la mort est belle, mon âme sœur, pourquoi n'habiterions-nous pas avec elle, Madame la Mort, the Lady Death, pourquoi ne serions-nous pas citoyens de son royaume, la beauté que nous avons imaginée repose en elle à jamais, nous ne laisserons que quelques fleurs noires en souvenir, dans plusieurs siècles sur cette Terre, quelques bouts d'os caramélisés, sans rime ni raison, des fossiles d'hominidés vieux de mille ans, is it important then to quit or to stay now, descendant du train, deux enfants, toi et moi, bras dessus bras dessous, voient une grande cour de récréation, un immense cirque à vendre, le directeur est en veine de générosité et en inspiration poétique, il nous vend tout à crédit, il nous demande si nous sommes sur le point de nous marier, je dis que je suis la fille à marier en compagnie de son âme sœur Phyllis Dalton, et ma grand-mère chante derrière nous, nous voulons nous marier, où est Nicolas, nous voulons nous marier tous les trois, moi Jeanne, Phyllis et Nicolas, mais Nicolas n'est pas là, il est un petit cheval du carrousel, il est prisonnier du sortilège du cirque, il ne peut s'échapper, il tourne en euphorie pour l'éternité, ô Phyllis, c'est alors que je pleure, pleure, je demande au directeur la permission de monter le petit cheval Nicolas, allez, allez, dit-il, le carrousel est à vous, mes jeunes filles, je vous le vends, mais, s'il vous plaît, ne rompez pas le charme, je l'aime ce charme, dis-je, alors, dit le directeur du cirque, demandez au maréchal-ferrant du village de vous forger, à vous et à votre amie sœur, des fers à cheval en or, ainsi vous pourrez monter dans le manège de chevaux de bois, prenez garde aux bêtes sauvages, et ce sera une incroyable et ravissante histoire, pouvons-nous inviter ma grand-mère, elle est seule, elle aimerait s'évader de la prison, des cendres et de la corruption, pour réchapper de sa maladie et venir dans la mort avec nous, ah! qu'écrirons-nous sur notre épitaphe pour dire la chaleur de notre amitié et qu'il a plu de la lumière sur nous, dans le feu de notre jeunesse, nos passions quotidiennes bouillent en une continuelle attaque d'apoplexie, l'enfer nous va comme un gant, je vais écrire une note pour maman, lui disant que j'ai été kidnappée par des démons en habit à queue dans la cuisine et que la fille à marier a trouvé son prince charmant and her infinitely cordial kingdom, et tu ne sais sûrement pas, maman, à quel point c'est froid, malgré tout, dans un cube de glace, les démons sont si froids qu'ils sont brûlants et vice-versa, maman, les tentes sont montées et les igloos sont taillés, il neige dans l'enfer, figure-toi, it is snowing snow, du verglas, de la glace sur les routes, Satan, il n'est pas une beauté, chacun sait cela, mais il n'est pas autoritaire, nu comme un ver luisant, pourquoi vit-il emmuré vivant dans un iceberg, je ne sais pas, je me suis perdue dans les prairies de neige toute la nuit (ou tout le jour, c'est pareil) et il y avait des ours blancs et des loups, mais Phyllis vint vers moi sur un cheval de trait qui était Nicolas s'enfuyant du cirque, me regardant, étincelant, illuminé, ô maman, pardonne-moi.

XXV

MALGRÉ QUE J'AIE tant abusé de ta bonté, maman, malgré que je vous aie cherchées si loin toi et ta grâce miséricordieuse, comme les os assemblés d'un squelette qui danse, ma joie cliquette et tinte dans le noir pour le reste de mes jours, cachant mon visage dans les solitudes d'un pays désert, je vis avec les démons et les bêtes déloyales, ô tu aimerais me voir en ce moment, tu me donnerais une autre chance, tu serais si douce et sociable et tendre, mais je suis morte, dans le hall, et j'aime ça comme ça, j'ai des amis, grand-maman et Phyllis et Nicolas mon amour, nous nous assoyons sur les chaudes dunes de neige, regardant fixement le ciel, où nous n'irons jamais, les grandes ailes des diables tourbillonnent au-dessus de nous avec nos pensées dans notre cerveau, le vent dans une toquade susurre et fouette, racontant des contes de fées, imagine-moi, maman, portant ma vieille robe bleue, me détachant en silhouette sur un fond clair, faisant le signe de la croix comme avertissement et invitant les démons à mon mariage avec le père Noël, la méchante fée Carabosse, le Chat botté, la Belle au bois dormant, la Belle et la Bête et Tom Pouce, vois-tu la lumière brûlante, les corps en feu, cœur et âme, l'ombre jetée sur la fête, la rivière de sang en crue, it is the hell, c'est l'enfer, je remplis mes poumons de la fumée du four crématoire, les tatouages sur les démons, les paons sur leurs biceps, les aigles, les serpents sur leur corps nu, ils se tiennent les jambes écartées et s'enfourchent l'un l'autre dans des joutes et des combats libidineux et lascifs, il y a Hitler et Judas, Kadhafi et Richard Nixon, et mon propre père criant vengeance, grinçant des dents, comme il est écrit, les gens s'assoient pour manger et boire, ils se lèvent pour jouer, et commettre la fornication, la fin du monde est arrivée, pas moyen d'échapper aux serpents et aux crocodiles, pas de pompiers dans le feu éternel, seulement la passion, les lions, les anacondas, les hyènes et les tigres, parmi eux je rêve de ravissements amoureux et d'expressions aux élans véritables, pas de menteurs ni d'hypocrites ici, pas de trucage ni de belles promesses, je vis avec équanimité, Ô pardonne-moi, maman, en quel autre lieu pouvais-je aller, excepté en enfer, le fondement de ma foi et de mon espérance, mais, ô maman, l'enfer n'existe pas, l'enfer est sur la Terre avec toi, mais tu ne le sauras jamais parce que j'écris cette lettre en anglais et tu ne comprends pas l'anglais, et j'écris à Phyllis Dalton à Medicine Hat, en Alberta au Canada, et tu ne la connais pas, et je ne la connais pas, et je n'enverrai pas cette lettre, je vais la manger quand je l'aurai terminée, pour cracher et vomir, je continue de vivre sur la Terre, maman, à Sherbrooke, à Montréal, à

Trois-Rivières, à Rouyn, à Sept-Îles, à Toronto, avec les junkies, et tu ne cesses de me chercher et de prier pour moi, je dors dans des pensions, des autos et des hôtels, des bateaux et des rues, dansant dans des clubs de nuit, buvant des poisons, mangeant des champignons et me piquant, tu ne verras ni cette lettre, ni moi, plus jamais, je ne téléphonerai pas, mon enfant ne vivra pas, ô dear mother, I am abandoned and ruined, forgive me, pardonne-moi, je t'en prie.

XXVI

« My dear little Jeanne, chère camarade, tu dois être assurée que mon cœur est beaucoup avec toi et avec mes autres chers amis, tes associés — et ma chère je souhaite toi de m'excuser auprès de Nicolas de ne pas avoir encore écrit à lui, aussi à ta père, puisses-tu le voir — comme j'aimerais le voir et avoir un bon moment de cœur avec lui, et une douce orgie, juste comme base, tu sais, pour parler et échanger des réminiscences et jouir de la tranquille indulgente électricité de le vraie amitié ô Jeanne, comme mon plume glisse le long en écrivant ces pensées, je sens comme si je ne pouvais pas retarder de venir dès maintenant vous voir tous, toi et Nicolas, et tout la monde — je veux vous voir, être à portée de la main de vous, et entendre vos voix, même si c'était seulement pour un soirée de seulement trois heures — chère camarade, je suis encore dans Medicine Hat, j'écris cela dans le Michael's Motel, je me promène tout le long de la rivière, ô les tristes scènes de ce monde — scènes de mort, d'angoisse, d'absence d'amitié, de jeunes cœurs affamés et assoiffés de quelque présence d'amour — certaines jeunes filles comme ça sont blessées — tant d'endurance, such native decorum, such candor je t'embrasse tendrement, ma petite Jeanne adorée, ton grandma qui s'ennuie — Best love to you, and your father and mother. P.S. : je me sens bien et de bon cœur, et je ne fus jamais mieux, mais mes sentiments sont pris dans un douloureux condition une grande partie du temps, les choses vont de plus en plus mal, je suis rendu que j'ai presque peur du monde, je n'ai pas pu garder mes larmes dans mes yeux vendredi soir dernière, c'était un terrible nuit — joliment noir, le vent à rafales, et la pluie tombait à torrents, une pauvre fille — elle semblait assez jeune, je n'ai pu m'empêcher de penser à toi, ma enfant chérie, oh ça me fait pleurer ! — elle était assez petit (je regardai sa corps plus tard après), elle gémissait quelque chose comme les ambulanciers la transportaient, ils ont mis bas la civière puis ont examiné elle, et la pauvre fille était morte (suicide), ils l'ont mis dans l'ambulance, et la docteur est venu aussitôt, mais c'était plus d'aucun utilité, le pire de tout c'est, aussi, qu'elle était entièrement inconnue — il n'y avait rien dans ses vêtements, ni personne avec elle pour identifier elle, et elle est tout à fait inconnue, Jeanne darling, c'est assez pour déchirer notre cœur des choses pareilles, vraisemblablement ses gens ne sauront jamais dans la monde qu'est-ce qu'il est advenu d'elle, pauvre, pauvre enfant, parce qu'elle ne paraissait pas avoir plus de douze ans... »

XXVII

Ô Phyllis, mon âme sœur, dis-moi que ce n'est pas toi la pauvre fille qui a plongé et s'est suicidée à douze ans dans la rivière Saskatchewan, dis-moi que ce n'est pas toi, peut-être est-ce moi, penses-tu, comment serait-ce moi, Medicine Hat est bien trop loin de Sherbrooke au Québec, à moins que j'eusse été kidnappée et violée à bord d'un train ou d'un avion et jetée dans le Chapeau, ô à quel point sommes-nous condamnées sans espoir en ce monde, nous sommes des serviettes hygiéniques qui accidentent le paysage, nos êtres ont été mutilés par des vandales dans des écoles surannées et par superfluité de mots, les gens qui se croient importants auront peut-être la surprise de voir, au royaume des Enfers, leur place privilégiée prise par d'autres, ils n'ont jamais brûlé alors ils ne brûleront jamais, pas de tièdes en enfer, pas d'amour sans ardeur dans le feu éternel, hell burns, l'enfer brûle, pas de suffisants ni de vaniteux, tous ceux-là qui ont acheté leur ciel à rabais, ô Phyllis, nous résistons à toutes les formes de faiblesse et de bassesse quand nous plongeons dans la rivière avec passion, recherchant l'unique, le vrai amour, puis la pure affection et l'imagination de notre cœur croissent pleinement, infiniment, suicidons-nous ensemble, attends-moi, ma sœur amie, et hélas ! je suis certaine qu'il est dans le ciel et je ne pourrai jamais le retrouver, Phyllis, jamais m'unir à mon amour, que pourrais-je faire, il est mort parce que ses parents l'ont tué pour donner un ange de plus à l'église, oui, ils me l'ont enlevé, mon unique trésor, all my love all my life, they robbed me of him, il était beau, il m'aimait et il nous aurait suivies dans l'éternité, mais ses parents l'ont sacrifié pour payer leur passage pour leur ciel à eux, oui Phyllis, la lune est à son déclin, la fille à marier ne se mariera pas, elle ne peut pas trouver qui elle est, après avoir été exposée au soleil, tournée vers le nord maintenant, elle se met dans le cas de devenir ridicule et d'exploser en injures, son congé est expiré, rien n'existe pour elle que rien, elle va prendre les mesures qu'exigent les circonstances pour s'exiler du monde, dans l'extrême lointain, hors d'une position difficile, extrait de naissance et concentré de viande de ses parents, hors du camp d'extermination, ne perds pas ton temps à t'interroger, Phyllis, jette ma lettre par la fenêtre, cher cœur, my friend, my affectionate sister, jette le chapeau hors de la médecine et la médecine hors du chapeau pour que le magicien puisse apparaître, qu'il nous change en lapins et nous cache sous son manteau d'arlequin.

XXVIII

MONSIEUR MEDICINE HAT considérant combien d'heures j'ai été forcée de vivre, et voyant le trou béant dans mon cœur, ne refuserait pas de me changer en pierre avec sa baguette de magicien, il chercherait à me consoler, je pourrais pénétrer dans l'univers immobile d'un pays sans abri, dans le silence, je ne baignerais plus dans mon sang puisque je n'aurais plus de sang, Phyllis, je te le lègue avec ses gouttelettes et ses chromosomes, mes globules rouges et mes globules blancs, il faudra que tu le laves dans la rivière Saskatchewan, sous le pont, dans la chute chuchotante, et que tu polisses le chrome de mon ancien amour terni, et que tu fasses un collier des perles cultivées baignées dans la lumière du soleil, comme une joyeuse expression de ma délivrance, et hâte-toi de descendre la colline pour annoncer la bonne nouvelle aux femmes affligées, le sang coule entre les doigts de ma main gauche, mes ardents désirs s'envolent dans le ciel canadien au-dessus de la rivière Saint-François et ensuite du fleuve Saint-Laurent et de la baie d'Hudson, âgée de douze ans la tumeur maligne de ma mère et de mon père disparaît au-delà des limites de l'esprit humain, un sourire séraphique sur son visage, et je vois le Grand lac de l'Esclave, le Grand lac de l'Ours dans les Territoires du Nord-Ouest, l'île Victoria pleine de crevasses, l'île Melville, et la fille à marier dans un cube de glace sur île d'Ellesmere, au centre du pôle Nord, dans sa robe de mariée, jusqu'à la consommation des siècles, et aucun homme ni aucune femme ne peut lui répondre un mot ni désormais lui poser des questions ou prendre son pouls, ô Phyllis, tu dois certainement être indisposée, et tu aurais dû prendre quelques petites précautions, tu devrais aller te coucher, jette ma lettre par la fenêtre, et je demeurerai tienne pour quelques jours, jusqu'à ce que tu te sortes de cela, tu es fiévreuse, j'ai besoin de l'aide d'une personne en qui je peux me confier, et tu es la seule en qui j'ai confiance, parce que tu existes vraiment, que nous réussissions ou échouions, la surexcitation que tu vois en moi maintenant sera tout à fait calmée et nous trouverons la paix dans la Maison du souverain pour la cueillette des fraises et pour nous griser de rêves, étant les esclaves de nos passions d'amour, et allant en traîneau dans la main de Dieu et nous bouchant les oreilles avec de la ouate alors que maman dirige des accusations contre moi, tu mènes une vie dissipée, dit-elle, tu m'as dissimulé que tu voulais partir, maman, dis-je, je ne te cache pas qu'il en est ainsi, ne pleure pas, ris plutôt, il faisait plus froid que chaud sur Terre, nous nous sommes dépêchées pour ne pas être en retard au rendez-vous, je suis en amour.

XXIX

« My dear little Jeanne, tes lettres sont reçues, et sont vraiment bienvenues, ne t'en fais pas que je ne réponde pas promptement, parce que tu sais quelle pauvre vieille je suis pour ces choses, mais tu dois écrire aussi souvent que tu le peux raisonnablement, parle-moi des tiens, certainement tu n'oublieras pas ta père et toujours quand tu lui écris envoie mon amour, dear girl, mon enfant chérie, je sais que ce serait une chose bénie pour moi d'avoir ton esprit amoureux et ta main, mais, ma chérie, c'est une chose terrible la triste condition dans quoi tu as été amenée dans ce monde et es restée pour des années, Jeanne, je pense souvent à toi et aux plaisants jours, les visites que je te payais, et comment bon c'était toujours d'être faite si bienvenue, oh, je rêve que je pourrais venir cet après-midi et avoir une bon thé avec toi, et avoir trois ou quatre heures de confort mutuel, et prendre du repos et parler, et être nous tous ensemble encore, est-ce que ta mère est à la maison et bien ? et que fait-elle maintenant ? et toi, ma chère amie, comme je suis désolée d'apprendre que ta santé n'est pas vigoureux mais, chère Jeanne, tu ne dois pas t'attarder à broyer du noir (mais je sais que ce n'est pas ta nature, ou que cela n'avait pas coutume d'être ta nature), j'espère que la présente te trouvera assez bien et dans de bonnes sentiments — je vais si terriblement bien moi-même — je vais devoir venir et me montrer à toi, je pense — je suis si grasse, bon appétit, dehors considérablement dans le plein air, et toute rouge et tannée pire que jamais, tu vois par conséquent, que ma vie parmi ces tristes humains frappés de mort n'a pas eu une mauvaise influence sur moi, parce que j'ai cet hiver tellement de santé à revendre que je sens que je dois continuer, à ce compte, à travailler parmi ceux qui en sont privés — et avec combien de joie je leur donnerais un généreux part de moi, chère Jeanne, si une telle chose était possible, je me tiens continuellement autour des hôpitaux, par-dessus tout, les pauvres enfants se réjouissent de la simple bonté, l'affection d'amour (certaines sont si ferventes, si affamées de cela) — pauvres filles, elles sont si jeunes, gisant là avec leur face pâle, et leur regard muet dans les yeux, oh, comme on peut arriver à les aimer, souvent cas spéciaux, si souffrantes, si bonnes, si féminines, et malgré tout simples — la cérémonie est tout à fait mise de côté — elles souffrent et elles deviennent exténuées et si lasses — plusieurs d'entre elles en sont venues à attendre, comme je m'en vais la nuit, que je les embrasse l'une l'autre, parfois en grand nombre, je dois faire le tour, il n'y a pas beaucoup de câlineries dans la vie d'un enfant à l'hôpital, mais, dear Jeanne, je sais ce qu'il y a dans leur cœur, toujours à l'affût, quoiqu'elles peuvent en être inconscientes elles-mêmes, j'ai une place où j'achète de très beaux biscuits faits à la maison, des gâteaux secs, etc., entre autres, une de mes façons est d'en acheter tout un lot, et pour le lunch, d'aller dans deux salles et d'en donner à chaque enfant des morceaux — le jour suivant deux salles de plus, et ainsi de suite, je donne de petits cadeaux d'argent en petites sommes, que je suis capable de faire — toutes sortes de choses, en vérité, de la nourriture, des vêtements... tout cela je te le dis, ma chérie, parce que je sais que cela t'intéressera, il y a beaucoup des choses encore beaucoup d'exceptions — des choses que j'omets... j'aime Medicine Hat très bien, j'aime la mission que j'ai ici, et comme ça me tient beaucoup, je devrai continuer, l'amour pour eux vit aussi longtemps que je respirerai, ces enfants savent comment aimer aussi, quand pour une fois ils rencontrent la bonne personne, Jeanne, chère Jeanne, I send my love to you, je t'embrasse, ma fille chérie, ton grandma.»

XXX

À NOTRE CÉRÉMONIE DE MARIAGE, le consentement mutuel fut donné, et avec lui, le baiser, le don d'un semblant d'anneau et l'union des mains, Nicolas et moi couronnés de guirlandes de fleurs imaginaires, je portais en apparence une robe de mariée et un voile, nous avons mangé d'un pain sacrificatoire spécial, et la conduite de la mariée à l'autel fut conclue par une fête intime entre la fille à marier et son amoureux, ô Nicolas, where are you, my lover, my darling, my beloved, où est-il, pour la sauvegarde, autant qu'il est humainement possible, de l'intégrité de notre mariage, de notre serment, de notre union, de la pureté de notre intention, mon anneau de mariage tourne, seul, dans l'annulaire de ma main gauche, là un nerf spécial et une veine sont directement reliés à mon cœur où je conserve la vraie substance de ces étranges et anciens mots d'amour contenus dans les promesses de nos fiançailles et de nos épousailles, je ne sais pas où tu es, maintenant, Nicolas mon amour, je connais un endroit où nous joignons toujours les mains protestant de notre foi et de notre fidélité, où nous marchons toujours ensemble dans une éternelle cérémonie, bras dessus bras dessous, nous aimant l'un l'autre comme auparavant, maintenant et après, tout en même temps, demeurant dans une parfaite paix, oh! mon fidèle et bien-aimé Nicolas qui es allé dans l'au-delà, je suis certaine par-dessus tout que tu n'es pas mort mais vivant, you still live inside me, my darling Nicolas, you did not quit me, I will join you into the death, maintenant je vais aller te rejoindre dans la mort, à douze ans c'en est assez de cette vie, je suis en état d'alerte, je suis préparée à ma mort, une joie solennelle et un air de triomphe reviennent dans mon âme, le sang file entre les doigts de ma main gauche, je vois mon corps défunt, les rites funèbres et les obsèques, je vais vers le tombeau, connaissant le caractère fugitif et transitoire de la vie terrestre, calme et résignée, espérant en mon amour, douze années de ma vie ne sont rien en comparaison de l'éternité qui embrasse un million d'années comme une seule journée qui passe, ma vie a été seulement comme une brève période de la nuit ou comme l'herbe qui soudain croît puis rapidement se flétrit, douze années de temps à souffrir dans l'adversité et la solitude ne sont rien par rapport à notre amour intemporel, Nicolas my lover, le sang coule entre les doigts de ma main gauche, la fille à marier a coupé dans son poignet gauche la veine spéciale directement reliée à son cœur amoureux, ô Phyllis, je m'évanouis, je m'éteins, je m'efface, j'abandonne le bâtiment, ô Phyllis, où es-tu, mon âme sœur, ô deliverance Phyllis darling! I wait for you in Paradise, je cherche à percer les ombres de la nuit, lumière dans le puits profond, est-ce toi mon âme immortelle qui viens à ma rencontre, à notre rencontre, Phyllis et moi, puisque la mort est le dernier ennemi à abattre, vois la désintégration de notre organisme physique dans le tombeau, de nos corps couchés dans la tombe, maintenant c'est le relâchement de notre âme hors de la prison, Phyllis, les mystères et les gloires des planètes et des étoiles du ciel nous attendent, mon souffle mortel est emporté, le sang file entre les doigts de la main gauche de la fille à marier.

TROISIÈME PARTIE

XXXI

Ils ne veulent pas que je meure, ils s'attendrissent sur la fille à marier, je glousse de rire dans l'air chargé de parfums d'esprits aveugles, je suis une folle dans un hôpital psychiatrique, c'est vrai, Phyllis, crois-moi, je ne cherche pas à m'évader, je porte le masque du devoir dans un serrement de cœur, mon cœur et mon esprit rebelle en profond silence, je renonce à toute aventure dans le monde, plus morte que vive, mais je me moque de moi, je n'ai pas de rancune contre les médecins, je m'avilis, je commence à croire, je crois dans les monstres, ma voix féminine de sa franche clarté de cristal poussant des cris d'avertissement dans le désert de la stupidité, ô mes yeux mortels voient la porte de la mort, Phyllis, le docteur est gentil, il me donne du papier pour écrire, il ne verra pas ma lettre, il reconnaît la futilité de mon désir de vivre parmi le monde et me disculpe de toute faute, je n'ai pas tué mon père, je peux plaisanter avec le docteur Hat au sujet de mon père et de sa mort, vous cherchez un autre père qui serait plus prédisposé à devenir votre fiancé, dit-il, je ris aux éclats étourdiment, irrévérencieusement, personne ne dirigera jamais ma vie, dis-je, je ne ferai pas des desserts et je ne jouerai pas du piano, je ne trouverai jamais ma juste place, ô Phyllis mon abandonnée, entends ta sœur enfermée dans sa débilité d'esprit, sa folie, je ne peux pas chanter, j'ai perdu la paix, devrais-je continuer à écrire, oh non, Phyllis! ne me lis plus, il n'y a personne ici, no person, everything has disappeared, there is only this hand running desperately on the paper, not capable to stop, tout a disparu, il n'y a que cette main folle qui court hystériquement sur le papier sans plus pouvoir s'arrêter, foolish, une opération césarienne sortit Jeanne de Jeanne, et ainsi de suite, personne ne vint de personne, donc je suis un fantôme automatique, les conséquences m'importent peu et je (qui est-ce?) continue d'écrire et, pauvre Phyllis, tu me lis, ô tu es la grande poétesse, c'est toi vraiment qui conquiers l'ennemi et règnes sur le royaume de l'imagination, et je t'aime tant, j'ai perdu toute foi et je ne peux pas soulever les montagnes.

XXXII

J'ai perdu mon cerveau primitif, Phyllis, dans une cellule de l'hôpital psychiatrique, les fibres nerveuses de mon système nerveux et toute ma moelle épinière sont passées à l'ennemi, cela me sépare du monde, mes fonctions vitales sont débranchées de mon contrôle conscient, ma respiration n'a pas de préférence, ma tension artérielle est en mauvaise passe, mon rythme cardiaque est une fête qui revient tous les dix ans, ma faim se sauve à toutes jambes des ramifications d'un complot, ma soif tire sur la laisse, j'ai quarante de fièvre, mes pulsions sexuelles perdent le fil de la conversation, mon centre de la parole est détruit, plus de signaux, je me tiens dans le bas-fond de mon cortex et, Phyllis, je ne sécrète plus de matière grise, j'ai le cerveau d'un reptile maintenant, pas de trauma, seulement des rêves dans ma solitude, des larmes de crocodile, seulement du vomi et des volets clos, je fais toujours preuve de bonne volonté, contentant les monstres, quand je me regarde dans le miroir, je vois un trou, le cratère d'un antique volcan, la lave, les rochers noirs chauffés, mon absence mentale donne à l'air une odeur sulfureuse, je sens mauvais, certains visiteurs tombent dans un découragement et un désespoir profonds, ô Phyllis, ne me regarde pas, l'eau ne sourd plus du rocher, la fille à marier est ce débris fossile qui reste de la vie passée sur la croûte terrestre, dents et os de mammouth, squelette pétrifié et recouvert de conventions et de renonciations, je marche à pas mesurés, mes jours sont comptés, je ne crois pas me revoir jamais, la fille fossile sans moelle épinière, la fille Galàpagos cherche l'eau éternelle dans une région désertique et aride, ô atroce condition, Phyllis, ne me regarde pas, chère, ô amour, vie et lumière ! où êtes-vous, je ne peux pas plus longtemps être, je disparais aux Enfers, comme une lampe obscure, animal nocturne comme les chauves-souris et les hiboux.

XXXIII

Phyllis, je crois que je suis le résultat d'un défaut de développement dans l'embryon survenu à l'époque avant Jésus-Christ, pendant une période interglaciaire il y a plusieurs siècles, alors que j'étais une princesse de la race des Néanderthals soudainement remplacés en Europe par la race des Cro-Magnons au cerveau supérieur et d'une grande adaptabilité, il n'y a pas eu de mutation pour moi, la fille à marier n'est pas adaptée à son environnement et elle ne peut pas parer à la pression intracrânienne grandissante de détresse et de peine accumulées, vivant l'impossible, l'inanité et la futilité parmi les monstres décevants, la fille hydrocéphale ne s'interroge plus sur les issues, les thèmes et les images de sa vie, l'augmentation de volume de sa tête lui donne des migraines et des nausées, la rend irritable et lui fait faire des crises, son refus et son défi circulent dans ses ventricules, les resserrent, les rétrécissent et bloquent son cerveau, les capacités futures de la fille neurologique ne sont pas difficiles à prédire, Phyllis, elle développe, avec perversion et dépravation, l'arriération mentale, l'atrophie de l'âme et la démence, mourant dans le monde aride de la tradition, de la convention et de l'orthodoxie, ô où est l'immortalité de l'amour et de la paix, mes souliers sont trop petits et la circonférence de ma tête devient démesurément grande, ô Phyllis, fuis-moi comme la peste, l'abcès a crevé, la plaie suppure, ô Nicolas, comment pourrais-tu m'embrasser dans mon décourageant donjon et passer ton bras autour de ma poitrine secrètement, je vis pour toi, je t'aime, mais ô ma beauté, je suis la plus misérable des choses, orpheline, nue et en larmes, I live for you, I love you, but my beauty, I am the meanest thing, je me dessèche et j'ai l'air abattu, tout semble tourner autour de moi, je suis un vieux document, la chlorophylle est altérée, le fruit devient acide, Nicolas, adieu mon chéri! ne viendras-tu jamais me sauver, mon amour, will you come, darling, and save me, la fille sénile regarde ses pétales fanés, alors elle est jetée aux quatre vents, dans une vie d'ignorance et d'imbécillité, ne me lis pas Phyllis chérie, je ne suis qu'une copie, j'espère que je ne te dérange pas, je t'aime, mon amie.

XXXIV

Le docteur Hat me trouve mystérieusement décentrée, vous voyagez de nuit, nickelée et météorique, échappée des écuries, dit-il, ô Docteur Chapeau ! je ne suis qu'une pauvre abandonnée, je suis une fille microscopique et malpropre sans aucune ardeur — aimeriez-vous devenir vulnérable à nouveau, Jeanne ? — oh no, Docteur Hat, la tôle a ondulé une fois, c'est maintenant sans remède, je demande à Dieu de bénir mon exclusion, je souhaite un moment d'oubli pour jouir d'un état neutre dans lequel, privée de tout espoir, j'accomplirais ma destinée supérieure, être incarcérée dans la désuétude est tout ce que je veux, les étoiles du matin chantent ensemble dans un carnaval où je ne suis pas, elles se lèvent dans la percée des nuages, guidées par des bandes triomphantes d'enfants, juste au-dessus des tombeaux, et au-dessus de l'endroit où les lutins atterrissent, un garçon et une fille, s'embrassant l'un l'autre, nus, Phyllis, et tu es là toi aussi, mon cher bel ange, my dear beautiful angel, on voit des multitudes monter des champs verdoyants, nous sommes deux apparences dans les flammes purifiantes du côté de la caverne du dragon, nous nous élevons à la rencontre du roi et de la reine apparaissant dans un banc de nuages, glorieux et puissants au milieu des ruines de la civilisation, parmi les Antédiluviens qui ont péri nous sommes sauvés, ailés, couronnés de brillants satellites, la lune sous les pieds, anges de la présence divine, innocemment joyeux et pensifs, n'étant pas du nombre des condamnés, Phyllis, ne me crois pas, je ne crie plus au secours, car je suis morte, élans, souhaits, soupirs, ardeurs spirituelles, tout a fondu, plus rien ne m'importe, pourtant mon cœur bat, je l'entends qui ne veut pas se soumettre, qui ne veut pas mourir, et me fait souffrir encore et encore, ô Phyllis, forgive me, pardonne-moi.

XXXV

Il n'y a personne qui peut exceller en tout, mais chacun peut contribuer de son mieux, aussi mince soit sa participation, dit le docteur Hat dans la maison de fous, et de cette façon concourir à l'excellence générale... plus on est de fous plus on rit, ô Phyllis, nous faisons les fous, herbes folles et folles avoines, d'une gaieté déraisonnable, d'un esprit insensé, détraqués et perdant la boussole... chacun doit contrebalancer chaque privilège avec une responsabilité, et ainsi croître en liberté, en force, en amitié et en joie comme personne et comme membre de la communauté de l'hôpital psychiatrique, dit encore le docteur Hat, récréons-nous, la récréation sociale nous offre une occasion formidable de vivre authentiquement et fraternellement avec les gens avec qui nous travaillons et jouons, chacun de nous a une part à jouer dans la vie de l'autre... ô Phyllis, mon âme sœur, pourquoi n'es-tu pas ici avec moi, ma chérie, tu me manques... nous sommes vraiment des missionnaires qui, convaincus de l'importance de la récréation, amènent les autres à voir les besoins des gens et les possibilités illimitées de les combler, dit le docteur Hat, vous devez apprendre à vous servir de ce que Dieu vous a donné, allez vous placer devant un miroir éclairé d'une bonne lumière, et souriez-vous, et qu'est-ce qui vous sourit en retour, est-ce vraiment un visage heureux... ô Phyllis, je ne peux plus sourire, je n'ai jamais souri de ma vie, seulement une fois quand je me suis mariée avec Nicolas, et maintenant je récite mon histoire, je me vois engagée dans l'artifice, essentiellement seule, isolée et aliénée, élaborant une légende ou une mythologie à propos de ma vie, le docteur Hat serait dégoûté si je lui parlais de mon véritable amour, je suis soumise et respectueuse... est-ce un sourire forcé qui serait comme plâtré, comme s'il n'était pas vraiment là, comme s'il pouvait être effacé d'un seul coup de brosse, demande le docteur Hat, est-ce un sourire ridicule, peut-être est-il ridicule ou forcé parce que vous sentez que c'est une chose ridicule à faire, mais essayez encore et continuez d'essayer jusqu'à ce que votre sourire à la fin soit heureux et amical et vous fasse vous faire sentir vraiment bien, si votre sourire est comme ça, il rendra tous les autres heureux, aussi, et ce sera si contagieux que, inconsciemment, chaque personne qui vous verra sourire vous sourira en retour, vous recevez exactement ce que vous avez donné... le docteur Hat me sourit, mais je ne souris pas, Phyllis... pratiquez-vous sur nos frères et nos sœurs ici dans la communauté de notre hôpital psychiatrique, dit-il, vous pouvez les surprendre s'ils ne sont pas habitués de vous voir sourire, mais surveillez-les et vous verrez comme ils s'accoutumeront vite, pratiquez-vous sur tous ceux que vous verrez, souriez et parlez quand vous descendez les escaliers, quand vous allez dans les halls, à la salle des chocs électriques, aux récréations, et à la chapelle, au début les gens pourront se tourner et vous regarder, mais continuez de vous pratiquer, et bientôt votre sourire sera bienvenu et on vous le rendra... ô Phyllis, je sais que tu ne cesses de me sourire dans l'ombre de la nuit, et moi je te souris secrètement, ma chère sœur, je suis maigre comme un clou, est-ce que tu m'entends, c'est à peine audible, entends-tu le sourire de mes os?

XXXVI

Je dis au docteur Hat que je veux être couchée sous un dais, des taureaux tirent mon fourgon mortuaire, des musiciens jouent devant les portes de mon tombeau, alors, Phyllis, s'avance un groupe de danseurs, sautant partout dans toutes les directions, ils se rassemblent et grimpent les uns par-dessus les autres avec une incroyable habileté, chevauchent épaules et têtes, et forment des pyramides atteignant le plafond de l'entrée... êtes-vous d'ici ? me demande un danseur, vous êtes parmi des amis, dit-il... je suis nostalgique, la danse est mon vrai pays, me dis-je, alors les danseurs descendent les uns après les autres pour exécuter de nouveaux sauts et d'admirables culbutes, un danseur me regarde, toujours le même danseur qui m'invite de ses beaux yeux, il ressemble à Nicolas parmi les garçons nus, sans arrêt tous dansent sur les mains, deux par deux, un danseur place sa tête entre ses jambes et son partenaire le hisse ensuite en tournant puis revient à la position originale, chacun des deux danseurs se hissant alternativement, comme l'un tombe, l'autre le hisse... j'essaie de parler, j'essaie de sauter et de danser, Phyllis, mais je ne peux pas, les danseurs continuent mais je ne peux pas les rejoindre ou répondre à leurs questions, je suis dans le pays des songes, loin de tout et de tous, la danse désoriente mes sens et me laisse affligée, la douleur et la souffrance sont trop intenses dans mon monde, mon pouvoir de chanter et de danser est perdu, Nicolas, je veux danser avec toi, mon bel amoureux, mon unique bien, Nicolas, I want to dance with you, I want to take your hand, help me, au secours, je te vois et je ne peux pas te toucher, mon âme ! I see you, but I cannot reach you, my soul... à un signal donné, Phyllis, un homme et une femme munis de claquettes s'emparent du centre du hall, ils dansent tous les deux séparément ou ensemble, exécutent d'harmonieuses figures mêlées de pirouettes, se séparant et se réunissant, ô le jeune danseur, c'est Nicolas, je suis sûre, courant après la fille à marier, c'est moi mais je ne suis pas là, Phyllis, ô catastrophe, ô douleur, ô my distress, ô my death, mortellement blessée, la fille à marier se relève toujours, mais elle n'est plus elle-même, une autre fille à marier danse avec le beau danseur, mon amoureux, qui la suit en exprimant son tendre désir, alors qu'elle continue de le fuir en tournant et en pirouettant comme pour refuser ses avances amoureuses, ô Phyllis, regarde la danse lugubre de la fille à marier, elle se volatilise, elle voit son dernier espoir mourir dans la vaste salle Frontenac du Château Frontenac dans la ville de Québec, le roi est assis à un bout, on dirait le docteur Hat, avec des centaines de courtisans massés sur les trois côtés de la salle, alors c'est l'entrée d'un magnifique char portant un gâteau de quatre étages, avec une douzaine de duchesses représentant des naïades, et huit satyres chantant en chœur, une forêt-sur-roues amène les vierges et les dryades, le Bonhomme Carnaval descend d'un nuage et chante une chanson intitulée « la complainte de la fille à marier qui a perdu son amoureux », alors que les fous et les folles sont métamorphosés en cerfs, en chiens, en éléphants, le docteur Hat en cochon, grand-mère en kangourou chantant « la glace était mince et ils se sont tous noyés, ils se sont tous, ils se sont tous, ils se sont tous noyés, la glace était mince et ils se sont tous noyés, de si bonne heure le matin », ô Phyllis, je dois te dire, ma grandma n'existe pas, j'ai copié ses lettres dans la correspondance de Walt Whitman.

XXXVII

L'ANGLAIS N'EST PAS MA LANGUE, Phyllis, mais tu es mon langage, tu parlerais n'importe quelle langue impossible que tu serais mon langage, chère, tu ne peux pas écrire en français bien sûr, pourquoi les Prairies sont-elles ce pays unilingue anglais maintenant, pourquoi l'Angleterre est-elle perçue comme votre patrie, ou peut-être êtes-vous des Américains, qui êtes-vous, ma chérie, ma chère sœur canadienne, mon amour impossible, tes parents étaient-ils ces Loyalistes qui vinrent au Canada comme minorité, je peux parler votre langue dominante, ô mon fantôme, ô my darling, ô ma chérie, ô toi qui n'existes pas, si je t'écris en anglais c'est par désespoir de jamais sortir de ma prison, de ma vie, j'aime l'impossible, ô Phyllis, I write to you because I have nobody to talk, I will never know you, my dear sister, I know I will never meet you, I know you do not exist, ô Phyllis, je t'écris parce que je n'ai personne à qui parler, à qui écrire, je t'écris parce que je ne te connaîtrai jamais, parce que je ne te rencontrerai jamais, ma chère sœur, je sais que tu n'existes pas, ô Phyllis, ne me lis pas, pardonne-moi, je suffoque ici, jette ma lettre par la fenêtre dans les Prairies, je suis un certain folklore, une étrangère du passé, une apparition, une revenante, un spectre ooooooooo ooooooooOOOOOOOOOOoooooooooooooooh! ooooooooooooooOOOOOOooh! je suis la fille invisible, la prochaine fois j'écrirai en italien, en allemand, en espagnol, en polonais, en arabe, en chinois, je devrais écrire en indien, en amérindien, maintenant, parce que c'est ce que je suis, une Indienne, la fille indienne morte, ooooooooooooo OOOOOOOOOOOOooooooooooo, je vais arrêter de t'écrire, adieu ma sœur, mon amie jamais trouvée, mon amie perdue, goodbye, my sister, il y a plusieurs années, ma vie terrestre s'est terminée, je ne grandirai jamais ni ne quitterai l'hôpital psychiatrique, le docteur Hat est plein de bontés pour moi, je suis sa fille, il fait des tours de magie avec son chapeau, il le pose sur une table, il essaie de faire atterrir des fèves dans le chapeau en les plaçant une à une dans une paille et en soufflant, après nous jouons aux lapins et aux pigeons qui sortent du chapeau, nous jouons à habiller-déshabiller, chacun revêt chapeau et manteau avant de monter dans le train, le groupe est divisé en deux équipes, le docteur Hat et moi, les joueurs se déshabillent et s'habillent avec les vêtements de l'autre, je deviens le docteur Hat, Phyllis, et il devient Jeanne Desprès, je mets son chapeau et il met ma robe, à moitié nu (il n'est pas une beauté) il exécute une révérence, gardant fermement le pied gauche au sol et, pliant le genou droit, il porte le bout de son orteil un peu en arrière de son pied gauche, au même moment il penche sa tête mongolienne en avant et salue la demoiselle.

XXXVIII

Par les monts et les vallées des Cantons de l'Est, le docteur Hat et moi, harpe et chansons célestes, flûte et clairon, faisons un mariage de convenance, maintenant mon château s'érigera sur une vraie fondation, il me donne des calmants, des euphorisants, des tranquillisants et des inhibiteurs, adieu souffrances, adieu pessimisme, cauchemars, tristesse, anxiété, mélancolie, désespoir, je suis la fille clinique, la fille neurovégétative, le docteur se défait de son pantalon, il n'y a pas de fumée sans feu, il met l'ennemi en fuite, je fais bonne contenance, l'heure de mon repos arrive, encore un peu de temps et je serai heureuse, je demande au docteur Hat de m'anesthésier et de m'enlever le cerveau, parce que je n'en ai plus besoin pour aimer ce gros animal nu dans un parc d'attractions, il fond en larmes, je veux la béatitude maintenant, regarde les constellations dans la profonde et merveilleuse nuit de la mort, Phyllis, je veux embrasser la paix à jamais, le docteur Hat t'enverra mon cerveau mortel dans une sauce béchamel, et donne-le à dîner à tes parents afin de les empoisonner, et alors tu seras libre et tu pourras venir me voir, mais je ne te parlerai pas, je ne te reconnaîtrai pas non plus, si tu m'embrasses, je saurai, si tu chantes, si tu danses, si tu me caresses, je saurai que nous sommes ces étoiles jumelles qui se lèvent l'une derrière l'autre et poursuivent leur course immortelle, je change de forme, Phyllis, je vais me métamorphoser en papillon, en un magnifique papillon monarque Danaus plexippus, je ne vivrai plus en ce monde duveteux de vers à viande, après mes stages larvaires pendant lesquels mes ailes se développeront intérieurement, moi la fille larve, je m'enroulerai dans mon cocon et je me transformerai en chrysalide, et après l'hiver, quand la mue finale surviendra, j'émergerai, pâle et ailée, et la fille papillon s'envolera, ô pardonne-moi, Phyllis, ne m'écoute pas, je vais demander au docteur Hat de t'écrire, mais ne te fie pas à lui, c'est un menteur, il t'offrira des pastilles à la menthe, ne les mange pas, elles sont contaminées, il va te montrer son ardent désir, souviens-toi qu'il est une bête, n'aie pas peur, le docteur Hat ne sait pas que je suis une prêtresse dansant avec un serpent dans chaque main, et je vais le tuer comme un porc se vautrant dans le vice, n'écoute pas sa voix veloutée, refuse d'être nourrie par cette grosse barrique narcissique passionnée de plaisirs périssables, tiens-toi toujours loin de lui, il te demandera d'avoir des relations sexuelles avec lui et il te montrera sa nudité, perdu dans des rêveries perverses, enlève tes bas de nylon et, chère nymphe, étrangle-le, mutile-le avec des ciseaux, vivement, tu verras quel sorte d'amour il aime, et tu seras dégoûtée, révoltée et écœurée, alors brûle le cochon dans l'incinérateur de l'hôpital psychiatrique avec les déchets, pour prêcher la droiture et punir le non-amoureux, et te purifier, ma chère sœur qui n'existes pas, ô mon impossible amour, viens à moi, come to me, chère âme, cher amour de toujours, dear love, viens avec moi, sous le manteau de la nuit, dans la mort, dans un monde infini.

XXXIX

J'AI TOUT CRÉÉ dans le monde, le soleil, la lune et les étoiles, la Voie lactée, les saisons de l'année, et la présence des montagnes, des fleurs et des arbres, et maintenant, Phyllis, je vais les détruire en me détruisant, ce sera la fin du monde, tu n'existeras plus, mais ce n'est pas un problème pour toi parce que tu n'as jamais existé, ni ma grandma, ni Nicolas, ni moi, le soleil a commencé dans ma pupille comme une grosse boule de flammes et il retournera dans un puits profond avec moi quand je fermerai les yeux pour toujours, je regarde dans ma tête et je cherche mes pensées, je ne suis pas vivante, vraiment vivante, je vois, je parle, j'écris, mais ce n'est pas moi, c'est la nuit, je viens de la nuit et je retournerai à la nuit, et puis je reviendrai pour voir s'il y a de la lumière, pour voir si tu es là, Phyllis, je suis une prisonnière, je ne suis pas moi, je suis moi juste pour ne pas être moi ou ne suis-je pas moi juste pour être moi, je reconnais que ma vie est irréelle et fausse, mais je continue de la voir en images en dehors de ma personne, je vois le docteur Hat assoiffé de sang venir et marcher dans ma tête, manger mes pensées, je suis incapable de concevoir un plan pour l'attaquer, mais au lieu de cela j'essaie une chose après l'autre à tout hasard, je cherche pendant qu'il chante, il chante doucement quand je suis loin, le chant monte quand je m'approche, il est en moi, gros parasite suçant mes os, ma moelle épinière, il parle à ma place, il est moi, je suis le docteur Hat, Phyllis, fais attention, ce n'est pas moi qui t'écris, tous mes mots sont d'autres mots, ne le crois pas, c'est un menteur, he is a fallacy, vous êtes importante, te dira-t-il, vous êtes un exemple, vous êtes un défi, faites tout pour être un bon exemple, travaillez bien cela, on a besoin de vous, qu'avez-vous l'intention de porter, te demandera le docteur Menteur, il est très important de bien s'habiller, soyez sûre de vous-même, évaluez votre conduite dans la communauté de l'hôpital psychiatrique, déterminez quels sont vos bons points et faites-en une liste, déterminez quels sont vos mauvais points et faites-en une liste, ayez comme but de vous améliorer la prochaine fois, en corrigeant les mauvais points et en utilisant les bons, chaque réponse « oui » équivaut à quatre points, me suis-je maîtrisée, ai-je obéi, ai-je montré de l'enthousiasme et une bonne contenance dans mon apparence, mes manières, mes paroles, ai-je donné aux autres l'occasion de partager mes pensées, ai-je remercié le docteur Hat et tous ceux qui m'ont apporté de l'aide, ai-je agi honnêtement, ai-je ouvert la bouche à temps, ai-je fermé la bouche à temps, levez-vous, asseyez-vous, montrez la porte, allez à la fenêtre, battez des mains, mettez vos mains sur la table, prenez la tasse, regardez-moi, venez ici, tenez ma main, montrez votre bras, levez votre main, buvez dans le verre, mangez avec la cuillère, inclinez la tête « oui », secouez la tête « non », ai-je contribué personnellement à l'amélioration de la récréation et des relations communautaires dans mon hôpital psychiatrique, à chaque fois que vous vous exercez, vous vous approchez d'un pas de plus de votre double but de devenir une fille heureuse, utile dans sa communauté, et de parfaire le milieu de vie de votre hôpital psychiatrique, chaque fois que vous essayez cela devient plus facile, vous créez une habitude, par conséquent assurez-vous que ce que vous faites est correct pour que l'habitude en soit une bonne... ô Phyllis, le docteur Hat représente un énorme gaspillage, non seulement pour les individus concernés, mais aussi pour la société, il est une émanation de l'ignorance elle-même, son travail le travail de l'imbécillité, son discours le discours de la débilité mentale, ferme ta porte à double tour, Phyllis, ne nourris pas cet insatiable ver intestinal, ne sois pas obéissante et soumise... aliénés de l'hôpital psychiatrique ! ressuscitez du sommeil fatal dans lequel le docteur Hat vous a jetés, sous le prétexte astucieusement propagé qu'une copie d'une fille de n'importe quel genre est aussi honorable pour une nation que l'original !

XL

Je suis un moi, donc je suis, qui suis-je, Phyllis, qui es-tu, tu es un moi, le sais-tu, un moi, petit lutin, cher petit lutin, dans un état affectif de nostalgie, je t'écris mes symptômes dépressifs, ma schizophrénie, mon comportement sadique obsessif-compulsif, quoi encore mon cher lutin, ma douleur abdominale, mes sentiments d'abandon, ma crise de larmes, ma maladie de l'âme, ma tristesse, ma nausée, mes envies de mourir, mon angoisse, mon négativisme, mon insomnie, mon vomissement récurrent, la paralysie de ma volonté, mes tentatives de suicide, ma perte d'énergie, mes pleurs, mon désespoir, mon insatisfaction, mes vertiges, mon mécontentement, mon penchant à me détruire, ma dépendance, ma délinquance, ma soumission, mon irrésolution, mon échec scolaire, mon indifférence, ma mélancolie, ô ma mélancolie romantique, Phyllis, toi, mon lutin bleu de faïence, mon infini et éternel monde d'imagination, ma chère âme, mes vœux de vie, mon espérance, mon bonheur, ma joie, ma vision, ma muse, mon mystère, ma spiritualité, mon divin giron, ma réalité permanente, tu existes, oui tu existes, ma vraie imagination, le démon docteur Hat, entouré de ses spécialistes et de ses amis, a la charge de nous traîner par les cheveux et de nous précipiter dans l'abysse, enchaînées ensemble par les pieds, ô Phyllis, tu es ma médecine, ma grande cité en feu, mes armées, viens Phyllis avec ta trompette de gloire et ton épée, pour tuer le dragon à trois têtes tandis qu'il me met toute nue dans ma cellule de l'hôpital psychiatrique et qu'il mange mes pensées, les démons les uns pourpres, les autres écarlates, forment des groupes de trois, partant sur le pied gauche, ils font huit pas sautés vers la gauche, huit pas sautés vers la droite, ils se donnent la main et dansent tous en cercle, ensuite ils pivotent sur eux-mêmes et paradent, se tortillent, s'enroulant de cercles en cercles comme dans un grand ressort d'horloge, ô viens Phyllis, sous un ciel d'arc-en-ciel, nous nous embrasserons comme des petits enfants, dans les champs de l'éternité, nous irons main dans la main, heureux et légers, nous boirons le lait du ciel à la mamelle de Dieu, we will embrace like little infants, ô come Phyllis with your trumpet of glory, les démons m'étourdissent, me harcèlent, me tourmentent, ils lèvent leurs bras, mains et pinces jointes, et les balancent au-dessus de ma tête et je passe, désespérée et nue, tout droit à travers le cercle infernal et sous les bras levés, un démon tient mes deux mains jusqu'à ce que j'aie franchi l'arche, puis il lâche mes mains et me pousse dans l'huile bouillante, il tourne sur sa gauche, son partenaire tourne sur sa droite, les deux autres me tirent de là et nous retournons tous à nos positions de départ, la danse continue, répétant les figures, l'étoile, la roue ou le croisement, éternellement, dans le même affreux ordre chaque fois, ô je suis si exténuée! pardonne-moi ma chère âme sœur, mon amour.

XLI

LE SEIGNEUR DOCTEUR HAT baise mes mains à chaque fois qu'il entre dans ma cellule, il a plusieurs conversations avec moi, il me dit que je dois maintenant, comme fille à marier, le considérer jusqu'à un certain point comme un confesseur, qu'il a dans le passé été le gardien de conscience de célébrités, qu'on peut imaginer que ce rôle lui a été attribué par Dieu Lui-même, je dois alors être capable de conférer avec lui de choses personnelles, avec la plus grande confiance, et je dois être certaine que rien de ce qui se sera passé entre nous sur ces matières ne sera divulgué, et il pourra placer la même confiance en moi etc., pour mon entrée dans la maison de fous, le docteur Hat posa deux conditions, à savoir que la personne appelée à faire partie de la communauté ne devrait pas vouloir s'exprimer, et que ses mœurs seraient au-dessus de tout soupçon, mais la fille à marier est plutôt contrariée de la manière dont seigneur le docteur Hat la presse de livrer ses secrets, elle croit que c'est une immense faveur de sa part que de permettre au docteur de venir dans sa cellule, ô ma chère Phyllis, la maison de fous est une grande maison entourée d'une clôture, si tu veux entrer, tu dois téléphoner à la barrière et dire qui tu es, et alors être admise au son de la sonnerie, tu vois c'est une petite forteresse où je n'existe pas, je peux passer ma main à travers la grille, ma main est assez petite, je peux t'ouvrir si tu viens me voir, if you come to see me, Phyllis ma chérie, je t'ouvrirai toutes les portes dans ma joie, plus rien ne m'arrêtera, tous les obstacles tomberont devant nous, je suis complètement coupée du monde, je n'ai aucune idée de ce qui a pu se passer, durant douze années, a expliqué mon père, ta mère et moi avons caché notre amour et, parce que nous avons compris que cet amour était sacré et saint, et pour ne pas te blesser, nous n'avons rien dit jusqu'à ce que tu aies douze ans, et maintenant, nous sommes là, séduits, nous sommes subjugués par un étonnant amour et cela nous peine d'être contraints de te faire souffrir, Jeanne, ne juge pas ta mère comme tu l'as fait, ne sois pas si exigeante et tyrannique avec elle, elle a peur de toi et la frayeur l'éloigne de toi, je veux te le dire clairement, Jeanne, je vais défendre ta mère contre la peur que tu lui inspires, c'est injuste que tu l'aies jetée dans cet état de frayeur, j'espère que tu comprendras qu'on ne peut pas blâmer un grand amour et que c'est impossible de lutter contre lui, je t'en prie, soyons humains, comprenons-nous et ayons du respect les uns pour les autres, ô Phyllis, les funérailles de mon père furent quelque chose de fabuleux, il y avait une grande foule dans les rues et autour de l'église, et les gens étaient en larmes, je n'ai rien dit à la police, mon père n'emploiera plus son temps et sa vie à la poursuite de buts terrestres, il ne se dissipera pas au milieu de la jungle de la mondanité, il aurait été regrettable de permettre que sa vie soit engloutie dans le marais de l'illusion de ce monde.

XLII

JE M'EFFONDRE SOUS L'EMPIRE de ma propre gravité, je retourne 20 milliards d'années en arrière dans le centre de la matière première qui s'est condensée pour donner naissance au soleil, je complète ma métamorphose, je ne suis plus humaine, mon but est d'acquérir une suprême indifférence et d'entrer dans la mort et d'y rester pour longtemps, sans être attachée à rien dans ce monde-ci, je me disperse en électrons, Phyllis, je cherche le savoir à l'intérieur de moi, mon corps tout entier et mon esprit sont détachés et relâchés, comme un spectateur devant des acteurs, je peux en toute sérénité regarder couler librement l'interminable flot de mes peines et de mes souffrances, je vois le docteur Hat dans son aspect illusoire, le passé s'est bel et bien évanoui, le présent n'a qu'une existence passagère, aussitôt né aussitôt passé, bien avant les grands dinosaures, j'étais un reptile qui est apparu et qui s'est développé au cours d'une période de 40 millions d'années et qui ensuite est presque disparu, mon évolution s'accompagna de plusieurs changements de structure qui m'amenèrent à jamais tant ressembler aux vrais mammifères, mes membres disgracieux, qui ressortaient de chaque côté, furent remplacés par des pattes droites retenues près du corps, ce qui me donne la compétence de t'écrire cette lettre, Phyllis, mon espèce est connue sous le nom de québectosaure, chaque chute de pluie dans les Cantons de l'Est lave plus de sédiments des vallées et des falaises des montagnes et de nouveaux os sont mis à jour, je suis venue en ce monde par insémination artificielle, une dinosaure choisie pour une transplantation fut injectée d'hormones et ensuite on la fit se reproduire avec le docteur Hat, quand tout le troupeau fut rassemblé, les dinosaures furent séparés de leur mère et plusieurs d'entre eux furent envoyés à la criée, puis le docteur Hat fut castré, cela fit de lui un eunuque bon à être engraissé pour la vente en lots d'alimentation, bon à être abattu pour la production de saucisses et de hamburgers, ô Phyllis, je ne suis plus en amour avec cette vie terrestre, je ne peux plus aimer cette vie chimérique, I am no more enamoured of the wordly life, je vis la vie d'une recluse, nonne cloîtrée, j'espère en l'autre vie, je cherche l'amour qui dure, love is not a visible thing, l'amour est au-delà de toute caractérisation, aucun concept de l'esprit fini ne peut lui être appliqué, l'amour est réalité, la seule réalité, ô mon beau Nicolas, mon trésor, my treasure, ô cher Phyllis chérie, ô dear darling Phyllis, vous n'existez que dans le monde transcendant, je veux vous rejoindre, je ne peux vous percevoir avec aucun de mes sens, je sais seulement, je veux seulement, je veux absolument vous rejoindre dans la liberté et l'unité, même bombardée de diagnostics et de traitements, prise au piège dans des tests standardisés et empoisonnée par les principes de développement des professeurs, des parents, des matrones et des médecins qui la tiennent pour une petite peste, malgré sa passion et son amour, et chassée implacablement pour études morales et par sport, la fille à marier garde son violent espoir, ô Phyllis, il faut que je me réveille, je vois des fantômes, c'est terrible, est-ce un rêve, oh, mais c'est vrai, j'en ai bien peur, c'est vrai, toute chère Phyllis, chère chérie, bye bye sweet Phyllis, au revoir douce Phyllis, love me and think of me forever, aime-moi et pense à moi pour toujours, ô adieu mon âme sœur!

BQ BIBLIOTHÈQUE QUÉBÉCOISE

Jean-Pierre April
Chocs baroques

Hubert Aquin
L'antiphonaire
L'invention de la mort
Journal 1948-1971
Mélanges littéraires I.
Profession : écrivain
Mélanges littéraires II.
Comprendre dangereusement
Neige noire
Point de fuite
Prochain épisode
Récits et nouvelles.
Tout est miroir
Trou de mémoire

Bernard Assiniwi
Faites votre vin vous-même

Philippe Aubert de Gaspé
Les anciens Canadiens

Philippe Aubert de Gaspé fils
L'influence d'un livre

Noël Audet
Quand la voile faseille

François Barcelo
Les plaines à l'envers
La tribu
Ville-Dieu
Le voyageur à six roues

Yves Beauchemin
Du sommet d'un arbre

Honoré Beaugrand
La chasse-galerie

Arsène Bessette
Le débutant

Marie-Claire Blais
L'exilé *suivi de*
Les voyageurs sacrés

Martin Blais
Sacré Moyen Âge !

Jean de Brébeuf
Écrits en Huronie

Jacques Brossard
Le métamorfaux

Nicole Brossard
À tout regard

Gaëtan Brulotte
Le surveillant

Arthur Buies
Anthologie

André Carpentier
L'aigle volera à travers le soleil
Rue Saint-Denis

Denys Chabot
L'Eldorado dans les glaces

Robert Charbonneau
La France et nous. Journal
d'une querelle
Ils posséderont la terre

Adrienne Choquette
Laure Clouet

Robert Choquette
Élise Velder
Le sorcier d'Anticosti

Matt Cohen
Café Le Dog

Laure Conan
Angéline de Montbrun

Maurice Cusson
Délinquants pourquoi ?

Jeanne-Mance Delisle
Nouvelles d'Abitibi

Michael Delisle
Le désarroi du matelot

Louise Desjardins
La love

Alfred DesRochers
À l'ombre de l'Orford *suivi de*
L'offrande aux vierges folles

Léo-Paul Desrosiers
Les engagés du Grand Portage

Pierre DesRuisseaux
Dictionnaire des expressions
québécoises
Le petit proverbier

Henriette Dessaulles
Journal

Georges Dor
Le fils de l'Irlandais
Poèmes et chansons d'amour
et d'autre chose

Fernand Dumont
Le lieu de l'homme
La vigile du Québec

Robert Élie
La fin des songes

Faucher de Saint-Maurice
À la brunante

Trevor Ferguson
Train d'enfer

Jacques Ferron
La charrette
Contes
Escarmouches

Madeleine Ferron
Le chemin des dames
Cœur de sucre

Timothy Findley
Guerres

Jacques Folch-Ribas
La chair de pierre
Une aurore boréale

Jules Fournier
Mon encrier

Guy Frégault
La civilisation de la
Nouvelle-France 1713-1744

Daniel Gagnon
La fille à marier

François-Xavier Garneau
Histoire du Canada

Jacques Garneau
La mornifle

Saint-Denys Garneau
Journal
Regards et jeux dans l'espace
suivi de Les solitudes

Louis Gauthier
Anna
Les aventures de Sivis Pacem
et de Para Bellum *(2 tomes)*
Les grands légumes célestes
vous parlent *précédé de*
Le monstre-mari
Le pont de Londres
Souvenir du San Chiquita
Voyage en Irlande
avec un parapluie

Antoine Gérin-Lajoie
Jean Rivard, le défricheur *suivi de*
Jean Rivard, économiste

Rodolphe Girard
Marie Calumet

André Giroux
Au-delà des visages

Jean Cléo Godin
et Laurent Mailhot
Théâtre québécois *(2 tomes)*

Alain Grandbois
Avant le chaos

François Gravel
La note de passage

Yolande Grisé
La poésie québécoise avant
Nelligan. Anthologie

Lionel Groulx
Notre grande aventure
Une anthologie

Germaine Guèvremont
Marie-Didace
Le Survenant

Pauline Harvey
Le deuxième monopoly
des précieux
Encore une partie pour Berri
La ville aux gueux

Anne Hébert
Le temps sauvage *suivi de*
La mercière assassinée *et de*
Les invités au procès
Le torrent

Anne Hébert et Frank Scott
Dialogue sur la traduction.
À propos du « Tombeau
des rois »

Louis Hémon
Maria Chapdelaine

Nicole Houde
Les oiseaux
de Saint-John Perse

Suzanne Jacob
La survie

Claude Jasmin
La sablière - Mario
Une duchesse à Ogunquit

Patrice Lacombe
La terre paternelle

Rina Lasnier
Mémoire sans jours

Félix Leclerc
Adagio
Allegro
Andante
Le calepin d'un flâneur
Carcajou ou le diable des bois
Cent chansons
Dialogues d'hommes
et de bêtes
Le fou de l'île
Le hamac dans les voiles
Moi, mes souliers
Le p'tit bonheur
Pieds nus dans l'aube
Sonnez les matines

Michel Lord
Anthologie de la science-fiction
québécoise contemporaine

Hugh MacLennan
Deux solitudes

Antonine Maillet
Le chemin Saint-Jacques
Les Cordes-de-Bois
Mariaagélas
Pélagie-la-Charrette
La Sagouine

Gilles Marcotte
Une littérature qui se fait

Frère Marie-Victorin
Croquis laurentiens

Claire Martin
Dans un gant de fer.
La joue gauche
Dans un gant de fer.
La joue droite
Doux-amer

Guylaine Massoutre
Itinéraires d'Hubert Aquin

Marshall McLuhan
Pour comprendre les médias

Émile Nelligan
Poésies complètes

Francine Noël
Maryse
Myriam première

Fernand Ouellette
Les actes retrouvés. Regards d'un poète

Madeleine Ouellette-Michalska
La maison Trestler ou le 8e jour d'Amérique

Stanley Péan
La plage des songes et autres récits d'exil

Daniel Poliquin
La Côte de Sable
L'Obomsawin

Jacques Poulin
Le cœur de la baleine bleue
Faites de beaux rêves

Marie Provost
Des plantes qui guérissent

Jean-Jules Richard
Neuf jours de haine

Mordecai Richler
L'apprentissage de Duddy Kravitz
Rue Saint-Urbain

Jean Royer
Introduction à la poésie québécoise

Gabriel Sagard
Le grand voyage du pays des Hurons

Fernande Saint-Martin
Les fondements topologiques de la peinture
Structures de l'espace pictural

Félix-Antoine Savard
Menaud, maître-draveur

Gordon Sheppard et Andrée Yanacopoulo
Signé Hubert Aquin

Jacques T.
De l'alcoolisme à la paix et à la sérénité

Jules-Paul Tardivel
Pour la patrie

Yves Thériault
Antoine et sa montagne
L'appelante
Ashini
Contes pour un homme seul
L'île introuvable
Kesten
Moi, Pierre Huneau
Le ru d'Ikoué
Le vendeur d'étoiles

Lise Tremblay
L'hiver de pluie
La pêche blanche

Michel Tremblay
C't'à ton tour, Laura Cadieux
La cité dans l'œuf
Contes pour buveurs attardés
La duchesse et le roturier

Élise Turcotte
L'île de la Merci

Pierre Turgeon
Faire sa mort comme faire l'amour
La première personne
Un, deux, trois

Pierre Vadeboncoeur
La ligne du risque

Gilles Vigneault
Entre musique et poésie. 40 ans de chansons

Paul Wyczynski
Émile Nelligan. Biographie